LE MASQUE
Collection de romans d'aventures
créée par
ALBERT PIGASSE

W0203342

Miss Marple au Club du Mardi

Agatha Christie

Miss Marple au Club du Mardi

Traduction nouvelle de Sylvie Durastanti

LIBRAIRIE DES CHAMPS-ÉLYSÉES

CET OUVRAGE EST LA PREMIÈRE PARTIE DU RECUEIL
DE NOUVELLES PARU SOUS LE TITRE :

THE THIRTEEEN PROBLEMS

LA SECONDE PARTIE EST DISPONIBLE EN FRANÇAIS
SOUS LE TITRE :

LE CLUB DU MARDI CONTINUE

© 1928, 1929, 1930, BY AGATHA CHRISTIE.
© LIBRAIRIE DES CHAMPS-ÉLYSÉES, 1966.
© LIBRAIRIE DES CHAMPS-ÉLYSÉES, 1991, POUR LA NOUVELLE TRADUCTION.
Tous droits de traduction, reproduction, adaptation, représentation réservés pour tous pays.

1

LE CLUB DU MARDI

(The Tuesday Night Club)

— Des mystères... jamais éclaircis...

Raymond West exhala une bouffée de fumée et répéta avec un plaisir non dissimulé :

— Des mystères... jamais éclaircis...

Il regarda autour de lui avec satisfaction. La pièce avait un cachet ancien, avec de grosses poutres foncées au plafond et de bons vieux meubles en harmonie avec elle. D'où le coup d'œil approbateur de Raymond West. Ecrivain de profession, il aimait que l'environnement soit sans défaut. La maison de sa tante Jane lui avait toujours plu parce qu'elle était le juste décor que réclamait sa personnalité. Elle était assise, très droite, dans un fauteuil de grand-père, de l'autre côté de la cheminée. Miss Marple portait une robe de brocart noir très cintrée, avec de la dentelle de Malines tombant en cascade sur sa poitrine et des mitaines de dentelle noire ; une mantille de dentelle noire surmontait ses cheveux blancs comme neige, relevés en chignon. Elle tricotait quelque chose de blanc, de doux et de floconneux. De ses yeux bleu très pâle, elle observait avec une aimable bienveillance son neveu et les invités du neveu. D'abord Raymond lui-même, réservé et distingué, puis Joyce Lemprière, l'artiste aux cheveux noirs et courts et aux yeux d'un bizarre vert noisette, enfin ce parfait homme du monde qu'était sir Henry Clithering. Il y avait encore deux personnes présentes, le révérend Pender, le vieux pasteur de la paroisse, et Mr Petherick, le notaire, un petit bonhomme desséché qui regardait tout par-dessus ses lunettes. Après avoir accordé un instant d'attention à ces différentes personnes, miss Marple retourna, avec un gentil sourire, à son tricot.

Mr Petherick toussota, comme il le faisait toujours avant de parler.

— Que disiez-vous, Raymond? Des mystères jamais éclaircis? Eh bien, qu'entendez-vous par là?

— Rien du tout, répliqua Joyce Lemprière. Ce que Raymond aime, c'est le bruit des mots, et s'entendre les prononcer.

Raymond West lui jeta un regard de reproche, ce qui la fit beaucoup rire.

— C'est un fumiste, n'est-ce pas, miss Marple? Vous le savez bien, vous aussi.

Pour toute réponse, miss Marple lui adressa un sourire angélique.

— La vie elle-même est un mystère qui n'a jamais été éclairci, déclara sentencieusement le pasteur.

Raymond se redressa dans son fauteuil et jeta d'un geste impulsif sa cigarette dans le feu.

— Ce n'est pas ce que je voulais dire. Je ne parlais pas philosophie, je pensais à des événements précis et prosaïques, à des choses qui sont arrivées et que personne n'a jamais pu expliquer...

— Je vois très bien ce que tu veux dire, dit miss Marple. Par exemple, hier matin, il est arrivé quelque chose d'étrange à Mrs Carruthers. Elle avait acheté des calamars chez Elliot. Elle est entrée ensuite dans deux autres boutiques, et quand elle s'est retrouvée chez elle, elle s'est aperçue qu'elle n'avait plus ses calamars. Elle est retournée dans deux des boutiques où elle était allée, mais ses calamars avaient complètement disparu. Cela me paraît très curieux.

— C'est la bouteille à l'encre... déclara gravement sir Henry Clithering.

— Evidemment, il y a bien des explications possibles, poursuivit miss Marple, les joues roses d'excitation. Par exemple, quelqu'un d'autre...

— Ma chère tante, dit Raymond West amusé, je ne songeais pas à ce genre d'incidents locaux. Je pensais à des meurtres, à des disparitions, au genre d'histoires que sir Henry pourrait nous raconter pendant des heures s'il le voulait.

— Je ne parle jamais boutique, repartit avec modestie sir Henry. Non, je ne parle jamais boutique.

Sir Henry Clithering avait été superintendant à Scotland Yard jusqu'à une date toute récente.

— J'imagine que bon nombre de meurtres et de mystères ne sont jamais résolus par la police, dit Joyce Lemprière.

— C'est un fait reconnu, je crois, déclara Mr Petherick.

— Je me demande, reprit Raymond West, quel genre d'esprit est le plus apte à démêler un mystère? On ne peut se défendre de l'idée que le policier moyen est limité par son manque d'imagination.

— C'est un point de vue de profane, rétorqua sir Henry.

— Ce qu'il faut, c'est une commission d'experts, dit Joyce en souriant. La psychologie et l'imagination appartiennent à l'écrivain...

Elle s'inclina ironiquement devant Raymond, qui resta imperturbable.

— L'exercice littéraire vous amène à sonder la nature humaine, déclara-t-il gravement. Voire à dévoiler des mobiles qui échappent peut-être au commun des mortels.

— Mon cher Raymond, je sais bien que tes ouvrages sont très intelligents, répliqua miss Marple. Mais crois-tu vraiment que les gens sont aussi déplaisants que tu les dépeins ?

— Ma chère tante, gardez vos illusions, que Dieu me garde de les détruire en aucune façon.

— A mon sens, corrigea miss Marple qui plissa un peu le front en comptant les mailles de son tricot, la plupart des gens ne sont ni bons, ni mauvais, mais tout simplement, vois-tu, très bêtes.

Mr Petherick toussota à nouveau.

— Ne pensez-vous pas, Raymond, que vous accordez trop d'importance à l'imagination ? Comme tout homme de loi ne le sait que trop, l'imagination est une chose très dangereuse. Etre capable de déceler avec impartialité une preuve, d'appréhender les faits et de les considérer comme des faits, cela me semble la seule méthode logique pour arriver à la vérité. Et la seule qui réussisse, comme mon expérience m'autorise à le préciser.

— Oh ! s'exclama Joyce en renversant la tête dans un mouvement d'indignation. Je parie que je vous battrais tous à ce jeu. Je suis non seulement une femme — et vous aurez beau dire, les femmes ont une intuition que les hommes n'ont pas, mais je suis aussi une artiste. Je perçois des choses qui vous échappent. Et en tant qu'artiste, je suis également entrée en contact avec des gens de toutes sortes, et de toutes conditions. Je connais la vie beaucoup mieux que ne peut la connaître notre chère miss Marple.

— Je n'en suis pas sûre, ma chère, répondit miss Marple. Il arrive souvent des choses pénibles et douloureuses dans un village.

— Puis-je placer un mot? demanda le révérend Pender en souriant. Je sais que, de nos jours, il est de bon ton de dénigrer le clergé, mais nous entendons des choses, nous connaissons des aspects de la nature humaine qui restent hermétiquement fermés au monde extérieur.

— Ma foi, intervint Joyce, il me semble que nous formons une assemblée assez représentative. Si nous fondions un Club ? Quel jour sommes-nous aujourd'hui ? Mardi ? Pourquoi ne pas le baptiser le Club du Mardi ? Il se réunirait chaque semaine et, à tour de rôle, chacun de ses membres proposerait un problème... un mystère dont il aurait eu personnellement connaissance, et dont, bien sûr, il détiendrait la solution... Voyons, combien sommes-nous ? Un, deux, trois, quatre, cinq. En vérité, nous devrions être six !

— Vous m'oubliez, ma chère, déclara miss Marple avec un grand sourire.

Joyce fut légèrement déconcertée mais elle réagit rapidement.

— Ce serait merveilleux, miss Marple ! Je ne pensais pas que vous auriez envie de jouer.

— Je crois, au contraire, que cela peut être très intéressant, surtout avec tant d'hommes aussi intelligents, répliqua miss Marple. Je crains de ne pas être très intelligente moi-même, mais à vivre pendant tant d'années à St Mary Mead, j'ai fini par avoir une idée de la nature humaine.

— Je suis certain que votre collaboration nous sera très précieuse, déclara courtoisement sir Henry.

— Alors, qui commence ? demanda Joyce.

— Je pense que cela ne fait pas de doute, répliqua le révérend Pender. Puisque nous avons la très grande chance de compter parmi nous un homme aussi éminent que sir Henry...

Il ne termina pas sa phrase, et adressa à sir Henry un salut courtois.

Celui-ci resta silencieux quelques instants. Puis il poussa un soupir, croisa les jambes, et finit par dire :

— Il est difficile de trouver exactement le genre d'histoire que vous désirez, mais je crois qu'il me revient un cas qui remplit assez bien ces conditions. Vous en avez peut-être eu connaissance par les journaux, il y a environ un an. Cette affaire avait été classée parmi les mystères non éclaircis, mais il se trouve que depuis quelques jours j'en tiens la solution.

» Les faits sont très simples. Trois personnes partagent un repas comprenant entre autres du homard en conserve. Dans le courant de la soirée, toutes les trois sont prises de malaises et font venir un médecin à la hâte.

Deux d'entre elles en réchappent, la troisième en meurt.

— Ah ! fit Raymond, d'un air approbateur.

— Comme je vous le disais, les faits eux-mêmes sont très simples. Le décès fut attribué à un empoisonnement par la ptomaïne, le certificat fut établi en conséquence, et la victime fut enterrée. Toutefois, les choses n'en restèrent pas là.

Miss Marple hocha la tête.

— On a commencé à jaser, je suppose. C'est ce qui se passe d'habitude.

— Je dois maintenant vous décrire les acteurs de ce drame ! Baptisons le mari et la femme, Mr et Mrs Jones, et la demoiselle de compagnie de cette dernière, miss Clark. Mr Jones était représentant pour une fabrique de produits chimiques. Plutôt beau, mais dans le genre grossier et rougeaud, il devait avoir la cinquantaine. Sa femme avait dans les quarante-cinq ans et était tout à fait quelconque. Quant à miss Clark, c'était une femme d'une soixantaine d'années, joviale, bien en chair, au visage rubicond. Comme vous voyez, aucun n'était bien intéressant.

» Les ennuis ont commencé de façon très bizarre. Mr Jones avait passé la nuit précédente dans un petit hôtel de voyageurs de commerce à Birmingham. Il se trouva qu'on avait mis du buvard propre dans le sous-main ce jour-là et que la femme de chambre, n'ayant apparemment rien de mieux à faire, s'amusa à le déchiffrer dans un miroir juste après que Mr Jones eut écrit une lettre. Quelques jours plus tard, les journaux signalaient la mort de Mrs Jones après l'absorption de homard en conserve, et la femme de chambre confiait alors à d'autres membres du personnel ce qu'elle avait lu sur le buvard : *Entièrement dépendant de ma femme... lorsqu'elle sera morte, je... des mille et des cents...*

» Vous vous souvenez peut-être que peu de temps auparavant une femme avait été empoisonnée par son époux. Il n'en fallait pas beaucoup pour enflammer l'imagination des femmes de chambre. Mr Jones aurait prémédité de se débarrasser de son épouse afin d'hériter de centaines de milliers de livres ! Or, il se trouva que l'une des femmes de chambre avait des cousins dans la bourgade où vivaient les Jones. Elle leur écrivit et ils lui répondirent. Mr Jones semblait fortement s'intéresser à la fille du médecin, une jolie jeune femme de trente-trois ans. Les ragots commencèrent à courir. Une pétition fut adressée au ministère de l'Intérieur. Scotland Yard reçut de nombreuses lettres anonymes accusant Mr Jones d'avoir assassiné son épouse. Je dois dire que pas un instant nous n'y vîmes autre chose que des commérages. Néanmoins, afin de calmer l'opinion publique, ordre fut donné de procéder à l'exhumation du corps. Ce fut une de ces affaires où la rumeur populaire, qui n'était fondée sur rien de solide, se trouva curieusement justifiée. L'autopsie révéla que le corps renfermait assez d'arsenic pour permettre d'établir que la défunte avait effectivement été empoisonnée. Il incomba dès lors à Scotland Yard de prouver, avec l'aide de la police locale, comment, et par qui, l'arsenic avait été administré.

— Ah ! fit Joyce. Cela me plaît beaucoup. Voilà du concret.

— Les soupçons se portèrent naturellement sur le mari. Il tirait un bénéfice de la mort de sa femme. Non pas des mille et des cents, mais huit mille livres, une somme non négligeable. Mis à part son salaire, il ne jouissait d'aucun revenu personnel, et c'était quelqu'un de très dépensier qui avait un penchant pour la compagnie des femmes. Aussi discrètement que possible, Scotland Yard tenta d'élucider les rumeurs lui attribuant une liaison avec la fille du médecin ; mais il apparut qu'après avoir été très liés, ils s'étaient brouillés brusquement deux mois auparavant, et ne s'étaient pas revus depuis. Quant au médecin, homme d'un certain âge et au-dessus de tout soupçon, il fut abasourdi en apprenant le résultat de l'autopsie. Appelé aux alentours de minuit, il avait trouvé trois personnes indisposées. Mesurant aussitôt la gravité de l'état de Mrs Jones, il avait envoyé chercher au dispensaire des pilules opiacées pour alléger ses souffrances. Cependant, en dépit de ses efforts, la malheureuse avait succombé sans qu'il ait un instant soupçonné quoi que ce soit. Il était convaincu que sa mort était due à une forme de botulisme. Le dîner s'était composé de homard en conserve, salade, fromage, pain et pudding. Par malheur, le homard avait été mangé jusqu'à la dernière miette, et la boîte de conserve, jetée aux ordures. Il avait interrogé la jeune bonne, Gladys Linch. Non sans peine car elle était bouleversée, agitée et larmoyante. Mais elle n'avait pas cessé de répéter que la boîte n'était pas ballonnée et que le homard lui avait paru tout à fait bien.

» Tels étaient les faits sur lesquels nous devions nous appuyer. Si Jones avait administré de l'arsenic à son épouse, il paraissait clair qu'il ne l'avait pas mis dans ce qu'ils avaient mangé au dîner puisqu'ils avaient tout partagé. Sans compter — autre détail — que Jones était rentré de Birmingham comme on mettait le souper sur la table, si bien qu'il n'avait pas eu la possibilité de tripatouiller la nourriture à l'avance.

— Et la demoiselle de compagnie? demanda Joyce. La grosse dame à l'air jovial.

Sir Henry hocha la tête.

— Nous n'avons pas oublié miss Clark, je peux vous l'assurer. Mais quel aurait été son mobile? Non seulement Mrs Jones ne lui léguait rien mais sa mort la contraignait même à chercher un autre emploi.

— Cela semble bien la disculper, remarqua Joyce, songeuse.

— Sur ces entrefaites, l'un de mes inspecteurs découvrit un fait intéressant, poursuivit sir Henry. Ce soir-là, après le souper, Mr Jones était descendu à la cuisine et avait demandé un bol de maïzena pour son épouse qui ne se sentait pas bien. Il avait attendu sur place que Gladys Linch l'ait préparé, et l'avait monté lui-même à sa femme, dans sa chambre. Ce qui, je le reconnais, paraissait mettre un terme à l'affaire.

Le notaire hocha la tête.

— Il avait le mobile, fit-il en comptant sur ses doigts. L'occasion, et, en tant que représentant en produits pharmaceutiques, l'accès facile au poison.

— Et une fibre morale fragile, ajouta le pasteur.

Raymond West regardait fixement sir Henry.

— Il y a une entourloupette quelque part, dit-il. Pourquoi ne l'avez-vous pas arrêté?

Sir Henry eut un sourire désabusé.

— C'est le côté fâcheux de l'affaire. Jusque-là tout avait marché comme sur des roulettes, mais nous sommes tombés sur un os. Jones ne fut pas arrêté car, au cours de son interrogatoire, il apparut que c'était miss

Clark, et non Mrs Jones, qui avait avalé toute la maïzena.

»Miss Clark était entrée dans la chambre de Mrs Jones. Comme à son habitude, Mrs Jones était au lit avec le bol de maïzena à côté d'elle.

» — Je ne me sens vraiment pas bien, Milly, lui avait-elle dit. Je l'ai cherché sans doute, en mangeant du homard ce soir. J'ai demandé à Albert d'aller me chercher un bol de maïzena, mais maintenant, je n'en ai plus envie.

» — Dommage, fit miss Clark, d'autant que cette maïzena a l'air bien belle, sans un grumeau. Gladys est vraiment une bonne cuisinière. Il y a bien peu de filles, de nos jours, capables de préparer une maïzena pareille. Moi, elle me fait bien envie, j'ai une de ces faims !

» — Rien d'étonnant, avec toutes vos idioties ! remarqua Mrs Jones.

» Je dois préciser, déclara sir Henry en interrompant son récit, que miss Clark, inquiète de voir qu'elle prenait toujours plus de poids, suivait un régime amaigrissant.

» — Ça ne vous vaudra rien, Milly, rien de rien, remarqua Mrs Jones. Si le Seigneur vous a faite bien en chair, c'est qu'Il vous veut bien en chair. Avalez donc cette maïzena, ça vous fera le plus grand bien.

» Miss Clark s'y appliqua aussitôt et finit même le bol. Comme vous voyez cela réduit à néant l'accusation contre le mari. Prié d'expliquer ce qui était inscrit sur le buvard, il s'en tira assez facilement. Cette lettre, d'après lui, était une réponse à une demande d'argent que lui avait adressée son frère, établi en Australie. Il lui écrivait qu'il était entièrement dépendant de sa femme. Que quand elle serait morte, et lui en possession de l'argent, il lui viendrait en aide. Il regrettait de ne pouvoir le faire, mais lui faisait remarquer qu'il y avait des centaines de milliers de gens dans la même situation que lui.

— En conséquence de quoi, l'accusation s'écroula? suggéra le révérend Pender.

— En conséquence de quoi, l'accusation s'écroula, répéta gravement sir Henry. On ne pouvait pas arrêter Jones sans rien pour l'étayer.

— Et c'est tout? demanda Joyce, au bout d'un instant de silence.

— On en était là l'année dernière. Mais maintenant, Scotland Yard tient la solution. Vous aurez sans doute l'occasion de la lire d'ici deux ou trois jours dans les journaux.

— La solution, répéta pensivement Joyce. Je me demande... Donnons-nous cinq minutes de réflexion avant de parler.

Raymond West hocha la tête et regarda sa montre. Quand les cinq minutes furent écoulées, il fit signe au révérend Pender.

— Voulez-vous commencer? demanda-t-il.

— Je dois avouer que je suis tout à fait déconcerté. Je ne peux pas m'empêcher de penser que le mari doit être le coupable, mais comment il s'y est pris, je ne le vois pas. Je peux seulement m'avancer qu'il lui a administré le poison par une voie nouvelle, bien que, dans ce cas, je me demande comment on a pu le découvrir si longtemps après.

— Joyce?

— C'est la demoiselle de compagnie! affirma la jeune femme. Sans aucun doute, la demoiselle de compagnie! Son mobile? Mais ce n'est pas parce qu'elle était vieille, grosse et laide qu'elle ne pouvait pas être amoureuse de Jones. Elle pouvait aussi haïr son épouse pour d'autres raisons. Songez à ce que doit être la vie d'une demoiselle de compagnie, obligée de se montrer perpétuellement aimable et docile, de se retenir et de tout ravaler. Un beau jour, n'y tenant plus, elle la tue. Elle a probablement mis l'arsenic dans la maïzena et a menti en racontant qu'elle l'avait mangée.

— Mr Petherick ?

Le notaire joignit le bout des doigts.

— Je ne saurais me prononcer. Sur ces simples faits, je ne saurais me prononcer.

— Mais vous devez le faire, Mr Petherick, fit Joyce. Vous ne pouvez pas réserver votre jugement « sans préjudice de... » comme au tribunal. Vous devez jouer le jeu.

— En ce qui concerne les faits, il n'y a rien à dire. A mon avis, ayant vu, hélas, trop d'affaires de ce genre, le mari est coupable. La seule explication, en accord avec les faits, serait que, pour une raison ou une autre, il ait été délibérément couvert par miss Clark. Il pouvait y avoir entre eux un arrangement financier.

» Comprenant, lui, qu'il serait suspecté, prévoyant, elle, un avenir misérable, ils ont pu tomber d'accord pour qu'elle raconte cette histoire de maïzena, moyennant une contre-partie substantielle. Si c'est le cas, c'est tout à fait illégal. Oui, tout à fait illégal.

— Je ne suis d'accord avec aucun de vous ! déclara Raymond. Vous avez négligé le facteur primordial en l'affaire. *La fille du docteur !* Le homard en conserve était avarié. Ce qui explique les symptômes d'empoisonnement. On appelle le médecin. Il trouve Mrs Jones, qui a consommé plus de homard que les autres, très souffrante, et il envoie, comme vous nous l'avez dit, chercher des pilules opiacées. Il n'y va pas lui-même, il envoie quelqu'un. Qui va remettre les pilules d'opium au messager ? Sa fille, évidemment. C'est sans doute elle qui prépare les médicaments pour lui. Elle est amoureuse de Jones et, à ce moment-là, ses plus bas instincts se réveillent. Elle se rend compte qu'elle tient entre ses mains le moyen de lui rendre sa liberté. Les pilules qu'elle lui envoie contiennent de l'arsenic blanc pur. Voilà ma solution.

— Et maintenant, sir Henry, dites-nous ce qui s'est passé ! s'écria Joyce, impatiente.

— Un instant, déclara sir Henry. Miss Marple n'a encore rien dit.

Miss Marple secouait tristement la tête.

— Mon Dieu ! mon Dieu ! J'ai encore laissé tomber une maille. Cette histoire était si intéressante. Une histoire triste, oui, bien triste. Cela m'a rappelé le vieux Mr Hargraves, qui vivait non loin de chez nous. Son épouse n'avait jamais eu le moindre soupçon — jusqu'au jour où il est mort, léguant toute sa fortune à une femme dont il avait eu cinq enfants. Elle avait été par le passé domestique chez eux. Une si gentille fille, avait l'habitude de dire Mrs Hargraves. On pouvait absolument compter sur elle pour retourner les matelas tous les jours, sauf le vendredi, évidemment... Eh bien, le vieux Hargraves l'avait installée dans une maison des environs, ce qui ne l'empêchait pas de continuer à assumer ses fonctions de bedeau et de faire la quête tous les dimanches.

— Ma chère tante Jane, dit Raymond un peu agacé.

Qu'est-ce que feu Mr Hargraves a à voir avec cette affaire ?

— Cette histoire m'a immédiatement fait penser à lui, répliqua miss Marple. Les faits sont tellement semblables, non ? J'imagine que la fille a avoué maintenant, et c'est ainsi que vous l'avez appris, n'est-ce pas, sir Henry ?

— Quelle fille ? demanda Raymond. Ma chère tante, de qui diable parlez-vous ?

— De cette pauvre Gladys Linch, bien entendu, celle qui était si agitée, quand le médecin l'a interrogée — et il y avait de quoi, pauvre petite. J'espère que cet abominable Jones sera pendu pour avoir fait d'elle une meurtrière. Je suppose qu'ils la pendront aussi, l'infortunée créature.

— Je crains, miss Marple, que vous n'ayez pas bien saisi... intervint Mr Petherick.

Mais miss Marple secouait obstinément la tête en regardant sir Henry.

— J'ai raison, n'est-ce pas ? Cela me semble si évident. Des mille et des cents... le pudding... je veux dire, ça ne peut pas tromper.

— Qu'entendez-vous par le pudding et des mille et des cents ? s'exclama Raymond.

Sa tante se tourna vers lui.

— Les cuisinières mettent presque toujours des « mille et des cents » dans le pudding, mon cher. C'est ainsi qu'on appelle ces petits vermicelles de sucre, rose et blanc. Bien entendu, quand j'ai appris qu'ils avaient eu du pudding au dîner et que le mari avait écrit une lettre à propos de centaines et de milliers, j'ai tout naturellement fait le rapprochement. C'est là que se trouvait l'arsenic, dans les vermicelles. Il les avait remis à la gamine en lui demandant d'en saupoudrer le pudding.

— Mais c'est impossible ! s'écria aussitôt Joyce. Ils en ont mangé tous les trois !

— Oh, non ! répliqua miss Marple. Miss Clark suivait un régime, ne l'oubliez pas. Vous ne mangez pas de pudding quand vous êtes au régime. Et j'imagine que Jones a pris soin de laisser les vermicelles sur le bord de son assiette. L'idée était vicieuse, mais ingénieuse.

Les regards de tous les autres convergèrent vers sir Henry.

— C'est très curieux, déclara lentement celui-ci, mais il se trouve que miss Marple a mis le doigt sur la vérité. Jones avait mis Gladys dans une situation intéressante, comme on dit. Elle était au bord du désespoir. Désireux de se débarrasser de sa femme, il avait promis à Gladys de l'épouser quand elle serait morte. Il avait empoisonné les « centaines et les milliers » et les lui avait remis en lui expliquant comment les utiliser. Gladys Linch est décédée il y a une semaine. Son enfant était mort-né et Jones l'avait abandonnée pour une autre. Avant de mourir, elle a avoué la vérité.

— Ma foi, tante Jane, déclara Raymond après un silence, un point pour vous. Je n'arrive encore pas à comprendre comment vous avez pu tomber sur la vérité... Je n'aurais jamais pensé que la petite bonne pouvait être impliquée dans l'affaire.

— Non, mon cher, parce que tu ne connais pas la vie comme moi. Un homme comme ce Jones, grossier et jovial... Dès que j'ai entendu qu'il y avait une jolie fille dans la maison, j'ai compris qu'il ne pouvait pas l'avoir laissée tranquille. Tout cela est bien triste et douloureux, ce n'est pas un sujet de conversation très agréable. Je ne peux pas vous dire le choc que cela a été pour Mrs Hargraves, et la stupeur dans laquelle le village a été plongé.

2

LE SANCTUAIRE D'ASTARTE

(The Idol House of Astarte)

— Et maintenant, révérend Pender, qu'allez-vous nous raconter ?

Le vieil ecclésiastique sourit.

— J'ai vécu dans des lieux paisibles, déclara-t-il. Je n'ai pas assisté à beaucoup d'événements sortant de l'ordinaire. Une fois cependant, dans ma jeunesse, il m'est arrivé une bien étrange et tragique aventure.

— Ah ! ah ! fit Joyce Lemprière, en matière d'encouragement.

— Je ne l'ai jamais oubliée, poursuivit-il. Cela m'avait fait une profonde impression à l'époque et il me suffit d'un léger effort de mémoire pour raviver l'angoisse et l'horreur de ce moment terrible où j'ai vu un homme frappé à mort par un organisme non mortel.

— Vous me donnez la chair de poule, Pender, dit sir Henry.

— J'en ai eu moi aussi la chair de poule, répliqua Pender. Depuis je ne me suis jamais plus moqué de ceux qui utilisent le mot « atmosphère ». Ça existe. Il y a des lieux chargés, saturés d'influences bonnes ou mauvaises, qui nous font sentir leur pouvoir.

— « Les Mélèzes », c'est une maison qui porte malheur, remarqua miss Marple. Le vieux Mr Smithers a perdu toute sa fortune et a été obligé de la quitter ; les Carslake lui ont succédé : Johnny Carslake s'est cassé la jambe dans l'escalier et Mrs Carslake a dû partir dans le Midi de la France pour raison de santé ; et maintenant ce sont les Burden qui y sont, et j'ai entendu dire que Mr Burden avait dû se faire opérer presque immédiatement.

— A mon sens, il s'agit surtout de superstitions, déclara Mr Petherick. Ces histoires stupides qu'on colporte causent beaucoup de dommages à certaines propriétés.

— J'ai connu un ou deux « fantômes » doués d'une très forte personnalité, fit remarquer sir Henry avec un petit rire.

— Je suggère de laisser le révérend nous raconter son histoire, intervint Raymond.

Joyce se leva et éteignit les deux lampes, laissant la pièce éclairée par le seul feu dans la cheminée.

— Atmosphère, dit-elle. Maintenant, nous pouvons continuer.

Le révérend lui sourit, se carra dans son fauteuil, ôta son pince-nez et commença doucement l'évocation de ses souvenirs.

— J'ignore si vous connaissez Dartmoor. L'endroit dont je vais vous parler est situé en lisière de Dartmoor. C'était une charmante propriété, bien qu'elle n'ait pas trouvé d'acheteurs pendant plusieurs années. Elle était peut-être un peu sinistre en hiver, mais la vue était superbe et la maison elle-même était une construction intéressante et originale. Elle fut rachetée par un certain Haydon — sir Richard Haydon, l'un de mes anciens camarades de classe. Je l'avais perdu de vue depuis des années mais notre vieille amitié avait subsisté et j'acceptai avec plaisir son invitation à me rendre au « Bosquet silencieux », comme s'appelait sa nouvelle acquisition.

» Les invités n'étaient pas très nombreux. Il y avait Richard Haydon lui-même et son cousin, Elliot Haydon. Il y avait une certaine lady Mannering, et sa fille une pâle et discrète jeune personne prénommée Violet. Il y avait un certain capitaine Rogers et son épouse, passionnés d'équitation, des gens hâlés qui ne vivaient que pour les chevaux et la chasse. Il y avait aussi un certain Dr Symonds et une femme, miss Diana Ashley. Le nom de cette dernière ne m'était pas inconnu : c'était une des « beautés » de la saison et des photos d'elle paraissaient régulièrement dans les chroniques mondaines. Elle était en effet frappante. Grande et brune, elle avait un teint magnifique d'un blanc crémeux sans défauts et ses yeux noirs en amande et perpétuellement mi-clos lui donnaient un piquant vaguement oriental. Sa voix aussi était merveilleuse, profonde et vibrante.

» Je compris aussitôt qu'elle avait séduit mon ami Richard Haydon et que cette réunion n'avait été qu'un prétexte pour l'inviter. De ses sentiments à elle je n'étais pas sûr. Ses faveurs étaient sujettes à caprices. Un jour, elle ne parlait qu'avec Richard, ne daignant voir personne d'autre, le lendemain elle ne voyait qu'Elliot, son cousin, paraissant à peine remarquer qu'il existait quelqu'un du nom de Richard, pour ensuite décocher ses sourires les plus ensorceleurs sur le paisible et discret Dr Symonds.

» Le lendemain de mon arrivée, notre hôte nous fit faire le tour de sa propriété. La maison elle-même n'avait rien de particulicr. C'était une bonne et solide bâtisse en granit de Devonshire. Faite pour résister au temps et au climat. Dépourvue de romantisme, mais très confortable. Les fenêtres donnaient sur le splendide panorama des landes, collines moutonnantes couronnées de buttes rocheuses battues par les vents.

» Sur les flancs de la butte la plus proche, on distinguait des cercles variés, vestiges de l'habitat de l'âge de pierre. Sur une autre colline, on apercevait un tumulus, dans lequel on avait récemment trouvé des outils de bronze. Passionné d'archéologie, Haydon nous en parlait avec force et enthousiasme. Les environs, nous expliqua-t-il, étaient particulièrement riches en vestiges du passé.

» — On y trouve des huttes datant du néolithique, des traces des druides, des Romains et même des Phéniciens. Mais cet endroit est le plus intéressant de tous. « Le bosquet silencieux » : il est assez facile de voir d'où il tire son nom.

» Cette partie du pays était plutôt nue — rochers, fougères, bruyères — mais à une centaine de mètres de la maison, il y avait un bosquet touffu sur lequel il pointa le doigt.

» — C'est un vestige des premiers âges, déclara-t-il. Les premiers arbres sont morts et ont été replantés, mais dans l'ensemble tout est resté à peu près comme c'était — peut-être même au temps des Phéniciens. Venez voir !

» Nous le suivîmes. En pénétrant dans le bosquet, je me sentis curieusement oppressé. A cause du silence, je pense. Aucun oiseau ne paraissait nicher dans ces arbres. On en éprouvait un sentiment d'horreur et de désolation. Haydon m'observait avec un étrange sourire.

» — Que ressentez-vous, Pender ? De l'hostilité ? Un malaise ?

» — Cela ne me plaît pas, répliquai-je tranquillement.

» — Ce n'est que juste. Ce bosquet a été le bastion des ennemis de votre foi. C'est le Bois d'Astarté.

» — d'Astarté ?

» — d'Astarté, ou d'Ishtar, ou d'Ashtoreth... comme il vous conviendra de l'appeler. Pour ma part, je préfère le nom phénicien d'Astarté. Je crois savoir qu'il existe un endroit connu sous le nom de Bois d'Astarté, dans ce pays, au nord du Mur d'Hadrien. Je n'en ai pas la preuve, mais j'aime à penser que le vrai, l'authentique bois d'Astarté est ici. Ici, au milieu de ces arbres, on se livrait à des rites sacrés.

» — Des rites sacrés..., murmura Diana Ashley, l'œil rêveur. En quoi consistaient-ils, je me le demande ?

» — Pas très recommandables, je le crains, lança le capitaine Rogers avec un gros rire. Plus ou moins orgiaques, j'imagine.

» — Au centre de ce bois, il devait y avoir un temple, poursuivit Haydon sans tenir compte de l'interruption. Je ne peux pas me permettre un temple, mais je me suis offert une petite fantaisie personnelle.

» Nous venions de déboucher dans une petite clairière, au milieu de laquelle se trouvait quelque chose qui ressemblait à un pavillon de pierre. Diana Ashley jeta un regard interrogateur à Haydon.

» — Je l'ai baptisé le Sanctuaire de l'Idole. Le sanctuaire d'Astarté.

» Il nous y précéda. A l'intérieur, sur un socle d'ébène grossièrement équarri, reposait une curieuse statuette représentant une femme avec des cornes en forme de croissant, assise sur un lion.

» — L'Astarté des Phéniciens, dit Haydon, la déesse de la lune.

» — La déesse de la lune ! s'exclama Diane. Oh ! livrons-nous à une orgie de tous les diables ce soir. Déguisons-nous. Et venons ici au clair de lune célébrer les rites d'Astarté !

» Je fis un brusque mouvement, et Elliot Haydon, le cousin de Richard, se tourna vivement vers moi.

» — Tout cela ne vous plaît pas, n'est-ce pas, mon père ? dit-il.

» — Non, dis-je gravement. Pas du tout.

Il me regarda avec curiosité.

» — Mais ce ne sont que des âneries. Dick ignore si ce bois est vraiment sacré. C'est juste une lubie ; il aime jouer avec cette idée. De toute façon, s'il l'était...

» — S'il l'était ?

» — Eh bien, reprit-il avec un rire gêné... Vous ne croyez pas à ce genre d'histoires, non ? Vous, un pasteur !

» — Je ne suis pas sûr qu'en tant que pasteur il me soit interdit d'y croire.

» — Mais tout cela est fini depuis longtemps !

» — J'en suis moins certain que vous, répliquai-je sur un ton songeur. Je ne sais qu'une chose : je suis d'habitude peu sensible aux atmosphères, mais depuis que je suis entré dans ce bosquet, j'éprouve une curieuse impression, je me sens entouré par quelque chose de maléfique et de menaçant.

» Mal à l'aise, il jeta un coup d'œil par-dessus son épaule.

» — Oui, dit-il, c'est... plutôt bizarre. Je comprends ce que vous voulez dire, mais c'est sans doute un effet de notre imagination. Qu'en pensez-vous, Symonds ?

» Le docteur ne répondit pas tout de suite. Puis il dit doucement :

» — Tout ça ne me plaît pas. Je ne saurais dire pourquoi. Mais pour une raison ou pour une autre, tout ça ne me plaît pas.

» Violet Mannering s'approcha de moi tout à coup.

» — Je déteste cet endroit, s'écria-t-elle. Je le déteste ! Sortons d'ici.

» Nous rebroussâmes chemin, et les autres nous suivirent. Diana Ashley fut la seule à s'attarder. Tournant la tête, je la vis devant le pavillon qui regardait la statuette avec gravité.

» La journée était exceptionnellement belle et chaude, et l'idée de se déguiser, suggérée par Diana Ashley, remporta tous les suffrages. Les préparatifs se firent comme d'habitude dans le secret et dans la frénésie, avec des rires et des chuchotements, et quand nous fîmes notre apparition au dîner, on poussa également les cris de joie habituels. Rogers et sa femme s'étaient déguisés en personnages du néolithique — ce qui expliquait le manque soudain de carpettes. Richard Haydon prétendait être un marin phénicien, son cousin un chef de brigands, Symonds un maître queux, lady Mannering une infirmière, et sa fille une esclave circassienne. Pour ma part, j'étais habillé, trop chaudement, en moine. Diana Ashley descendit la dernière, entortillée, à notre déception à tous, dans un domino noir informe.

» — L'Inconnue, lança-t-elle d'un ton léger. Voilà ce que je suis. Mais, pour l'amour du ciel, passons à table !

» Après le dîner, nous sortîmes. La nuit était belle, douce et chaude, et la lune se levait.

» Nous nous promenâmes, nous bavardâmes, le temps passa très vite. Une heure plus tard, environ, nous nous aperçûmes que Diana n'était plus avec nous.

» — Elle n'est sûrement pas montée se coucher ! fit Richard Haydon.

» Violet Mannering secoua la tête.

» — Oh non ! Je l'ai vue s'éloigner par là il y a moins d'un quart d'heure ! dit-elle en pointant le doigt sur le bosquet, qui projetait des ombres noires au clair de lune.

» — Je me demande ce qu'elle fabrique, dit Richard. Des bêtises, j'en jurerais. Allons voir !

» Tout le monde le suivit, curieux de savoir ce qu'il en était. Pour ma part, j'éprouvais un singulier manque d'enthousiasme à pénétrer dans cette ceinture d'arbres sombre et menaçante. Quelque chose de plus fort que moi me retenait, me pressait de n'en rien faire. J'étais de plus en plus convaincu que l'endroit était maléfique. Je crois que je n'étais pas le seul à éprouver cette impression, même si les autres répugnaient à l'admettre. Les arbres étaient si serrés que la lumière de la lune ne pouvait pas pénétrer. Et tout autour de nous, nous entendions des bruits divers, des soupirs et des chuchotements. L'impression était très étrange et, d'un commun accord, nous ne nous éloignions pas les uns des autres.

» Tout à coup, au milieu du bois, nous débouchâmes dans la clairière et nous nous arrêtâmes, cloués au sol. Car sur le seuil du Sanctuaire se dressait une silhouette miroitante, étroitement enveloppée d'un voile diaphane, avec deux cornes en forme de croissant émergeant de la masse sombre de ses cheveux.

» — Seigneur ! s'exclama Richard, dont le front se couvrit de sueur.

» Violet Mannering fut plus futée.

» — Mais c'est Diana ! s'écria-t-elle. Qu'est-ce qu'elle s'est fait ? Elle a l'air toute changée !

» La silhouette leva les mains. Elle avança d'un pas et psalmodia d'une voix haute et mélodieuse.

» — Je suis la Prêtresse d'Astarté. Attention à vous, car je tiens la mort entre mes mains.

» — Ne faites pas ça, ma chère, protesta lady Mannering. Vous nous donnez la chair de poule !

» Haydon bondit vers elle.

» — Mon Dieu, Diana ! s'écria-t-il. Vous êtes fantastique !

» Mes yeux s'étaient accoutumés à l'obscurité et je distinguais tout plus clairement. Comme l'avait dit Violet, Diana était vraiment très changée. Ses traits orientaux semblaient plus accusés, quelque chose de cruel brillait dans ses yeux encore plus obliques, et je ne lui avais jamais vu cet étrange sourire.

» — Attention ! lança-t-elle. N'approchez pas la Déesse. Quiconque posera la main sur moi signera son arrêt de mort.

» — Vous êtes merveilleuse, Diana ! s'exclama Haydon, mais ça suffit. Je ne sais pas pourquoi mais je... je n'aime pas ça.

» Comme il avançait vers elle, elle tendit le bras :

» — Stop ! cria-t-cllc. Un pas dc plus, ct Astartc vous châtiera !

» En riant, Richard Haydon avança plus vite quand soudain il arriva quelque chose d'étrange. Il hésita un moment, parut trébucher et tomba de tout son long.

» Il ne se releva pas et resta où il était tombé, face contre terre.

» Tout à coup, Diana Ashley partit d'un rire hystérique. C'était un bruit étrange, horrible, qui rompit le silence de la clairière.

» Avec un juron, Elliot se rua en avant.

» — Je ne peux pas supporter ça ! cria-t-il. Lève-toi, Dick, lève-toi, vieux !

» Mais Richard Haydon était toujours couché par terre. Elliot Haydon le rejoignit, s'agenouilla près de lui et le retourna avec douceur. Il se pencha sur lui, examina son visage.

» Puis il bondit vivement sur ses pieds, vacillant.

» — Docteur ! dit-il. Docteur, pour l'amour de Dieu, venez... Je... je crois qu'il est mort.

» Symonds se précipita, tandis qu'Elliot revenait vers nous à pas lents. Il regardait ses mains d'une façon que je ne m'expliquais pas.

» A cet instant, Diana poussa un cri affolé.

» — Je l'ai tué, s'écria-t-elle. Oh, mon Dieu ! Je ne le voulais pas, mais je l'ai tué !

» Et elle s'effondra sur l'herbe, évanouie.

» Mrs Rogers poussa un cri.

» — Oh ! quittons cet horrible endroit, gémit-elle. Il

peut nous arriver n'importe quoi ici ! Oh, c'est affreux !

» Elliot me prit par le bras.

» — C'est impossible, vieux, murmura-t-il. Je vous le dis, c'est impossible. On ne peut pas tuer un homme comme ça. C'est... c'est contre nature.

» Je m'efforçai de le calmer.

» — Il doit y avoir une explication, lui dis-je. Votre cousin avait peut-être le cœur fragile, sans le savoir. Sous l'effet du choc et de l'excitation...

» Il m'interrompit.

» — Mais le choc n'y est pour rien ! Dick a été poignardé, poignardé en plein cœur, et il n'y a pas d'arme !

» Je le dévisageai, incrédule. Symonds se relevait justement, après voir examiné le corps, et venait vers nous. Il était pâle et tremblait de tous ses membres.

» — Sommes-nous tous fous ? demanda-t-il. Qu'est-ce que c'est que cet endroit où des choses pareilles peuvent arriver?

» — Alors, c'est vrai ? dis-je.

» Il hocha la tête.

» — La blessure a l'air d'avoir été faite par un poignard long et fin, seulement... il n'y a pas de poignard.

» Nous nous regardâmes.

» — Mais il doit y être ! s'écria Elliot Haydon. Il a dû tomber. Il doit être quelque part dans l'herbe... Allons voir !

» Nous examinâmes le sol en vain.

» — Diana avait quelque chose dans la main, dit

soudain Violet Mannering. Une espèce de poignard. Je l'ai vu briller lorsqu'elle l'a menacé.

» Elliot secoua la tête.

» — Il n'a jamais été même à un mètre d'elle, objecta-t-il.

» Lady Mannering était penchée sur la jeune fille toujours prostrée sur le sol.

» — Elle n'a rien dans la main, et je ne vois rien par terre. Tu es certaine de l'avoir vu, Violet ? Moi je n'ai rien remarqué.

» Le Dr Symonds s'approcha.

— Il faut la ramener à la maison, déclara-t-il. Rogers, voulez-vous m'aider ?

» Nous transportâmes la jeune fille, toujours inconsciente, dans la maison. Puis nous retournâmes chercher le corps de sir Richard.

Le révérend Pender s'interrompit et regarda autour de lui.

— Nous n'aurions pas fait ça aujourd'hui, dit-il. Etant donné l'essor qu'a pris le roman policier, n'importe quel gamin sait qu'on doit laisser le corps là où on l'a trouvé. Mais en ce temps-là, nous l'ignorions et, en conséquence, nous ramenâmes le corps de Richard Haydon dans sa chambre, dans la maison de granit, et nous envoyâmes le majordome chercher la police à bicyclette. Une balade de quelque 18 km...

» Sur ces entrefaites, Elliot me prit à part.

» — Ecoutez, me dit-il. Je retourne dans la clairière. Il faut trouver cette arme.

» — Si arme il y a, dis-je, sceptique.

» Il m'empoigna par le bras et me secoua avec fureur.

» — Vous vous êtes mis ces absurdités dans la tête ! Vous pensez que sa mort relève du surnaturel. Eh bien, je retourne dans la clairière pour élucider la question !

» J'étais bizarrement hostile à ce qu'il y aille. Je fis de mon mieux pour l'en dissuader, mais en vain. Rien que l'idée de ces arbres plantés en cercles serrés me faisait déjà horreur, et j'avais la prémonition de désastres à venir. Mais Elliot avait la tête dure. A mon avis, il avait peur, lui aussi, mais se refusait à l'admettre. Il partit, bien décider à tirer ce mystère au clair.

» Ce fut une nuit épouvantable, personne ne dormit, ni n'essaya même de dormir. La police arriva et se montra franchement incrédule. Ils manifestèrent le désir d'interroger miss Ashley, mais le Dr Symonds s'y opposa véhémentement. Après qu'elle était revenue de son évanouissement, il lui avait administré un puissant somnifère. On ne pouvait à aucun prix la déranger avant le lendemain.

» C'est seulement à 7 heures, le matin, que quelqu'un pensa à Elliot Haydon. Symonds se demanda tout à coup où il était. Je lui expliquai ce qu'il avait fait et le visage grave de Symonds devint encore plus grave.

» — J'aurais préféré qu'il n'y aille pas, dit-il. C'est... c'est très imprudent.

» — Vous ne craignez tout de même pas qu'il lui soit arrivé malheur ?

» — J'espère que non. A mon avis, révérend, nous ferions bien d'aller voir.

» Il avait raison bien sûr, mais je dus rassembler tout mon courage pour me donner la force de l'accompagner. Nous sortîmes ensemble et pénétrâmes une fois de plus dans ce bosquet maléfique. Nous appelâmes Elliot sans obtenir de réponse. Puis nous arrivâmes dans la clairière, dans la lumière pâle et fantomatique du matin. Symonds se cramponna à mon bras, et j'étouffai un cri. La veille, dans le clair de lune, le corps d'un homme gisait là, face contre terre. Maintenant, dans la lumière du matin, le même spectacle s'offrait à nos yeux. Elliot Haydon gisait à l'endroit exact où s'était trouvé son cousin.

» — Seigneur ! s'écria Symonds. Il l'a eu, lui aussi !

» Nous nous précipitâmes vers Elliot. Inconscient, il respirait encore faiblement et cette fois le doute n'était plus permis en ce qui concernait la cause de cette tragédie : un poignard de bronze, long et mince, était resté dans la blessure.

» — Il a été atteint à l'épaule, non au cœur. C'est une chance ! remarqua le docteur. Sur mon âme, je ne sais que penser ! Quoi qu'il en soit, puisqu'il n'a pas succombé, il va pouvoir nous dire ce qui lui est arrivé !

» Mais c'était justement là ce qu'il fut incapable de nous dire. Son récit fut extrêmement vague. Il avait vainement cherché le poignard, avait fini par renoncer et avait pris place près du Sanctuaire. A ce moment-là, il avait eu l'impression que quelqu'un l'observait. Il avait beau s'en défendre, il n'arrivait pas à se défaire de cette impression. Ensuite il raconta qu'un vent froid et étrange s'était mis à souffler. Il avait l'air de venir, non des arbres cette fois, mais de l'intérieur du Sanctuaire. Il s'était tourné pour regarder. Il avait aperçu la statuette de la déesse et il avait été le jouet d'une illusion d'optique. La statuette devenait de plus en plus grande. C'est alors qu'il avait eu soudain la sensation de recevoir un coup sur la tête qui l'avait fait basculer, et en tombant il avait ressenti une douleur aiguë dans l'épaule gauche.

» Cette fois, on identifia le poignard. C'était celui qui avait été exhumé du tumulus sur la colline et qui avait été acheté par Richard Haydon. Personne n'avait l'air de savoir où il s'était trouvé jusque-là, dans le sanctuaire ou dans la maison.

» La police était convaincue — et le sera toujours — qu'il avait été poignardé par miss Ashley, mais puisque nous étions tous d'accord pour témoigner qu'elle n'avait jamais été à moins d'un mètre de lui, elle ne pouvait pas étayer son accusation. Si bien que cette histoire a été, et est toujours un mystère.

Il y eut un silence.

— Je ne vois pas ce qu'on peut dire, laissa enfin tomber Joyce Lemprière. Tout cela est si horrible, si étrange... Et vous, avez-vous une explication, révérend Pender ?

— Oui, dit-il. J'ai une explication... tout au moins, une sorte d'explication. Plutôt bizarre et qui, à mes yeux, ne rend pas compte de certains faits.

— J'ai pris part à des séances de spiritisme, déclara Joyce, et vous pouvez dire ce que vous voudrez, il arrive des choses très étranges. J'imagine qu'on pourrait trouver une explication à cette histoire dans l'hypnotisme. La fille se serait vraiment prise pour la prêtresse d'Astarté et d'une façon ou d'une autre, l'aurait poignardé. Elle lui a peut-être lancé le poignard que miss Mannering avait vu briller dans sa main.

— C'était peut-être un javelot ? suggéra Raymond West. Après tout, on ne voit pas très bien au clair de lune... Elle pouvait avoir dans la main une espèce de lance et le poignarder à distance, et ensuite interviendrait un phénomène d'hypnose collective... Je veux dire que si vous vous attendiez tous à le voir frappé par une puissance surnaturelle, c'est ainsi que vous l'aurez vu.

— J'ai vu des tours extraordinaires réalisés au music-hall, avec des armes et des couteaux, remarqua sir Henry. J'imagine que quelqu'un aurait pu se cacher dans les arbres et, de là, jeter un couteau ou un poignard avec assez de précision — à supposer bien sûr que ce soit un professionnel. Je reconnais que cela paraît plutôt tiré par les cheveux, mais c'est la seule théorie qui me semble réalisable. Rappelez-vous que l'autre a eu l'impression d'être observé à partir des arbres. Quant au fait que miss Mannering ait été la seule à voir un poignard dans les mains de miss Ashley, cela ne m'étonne pas. Si vous aviez mon expérience, vous sauriez que cinq témoins du même événement donneront cinq témoignages à ce point différents que c'en est incroyable.

Mr Petherick toussota.

— Il semble que toutes ces théories négligent un point essentiel, remarqua-t-il. Où est passée l'arme ? Plantée comme elle était au milieu d'un espace ouvert, miss Ashley aurait difficilement pu se débarrasser d'un javelot. Si un meurtrier caché avait lancé un poignard, on aurait retrouvé ce poignard dans la blessure en retournant le corps. J'estime que nous devrions écarter toutes les théories tirées par les cheveux et nous en tenir aux simples faits.

— Et où ces simples faits nous conduisent-ils ?

— Eh bien, une chose semble claire. Puisqu'il n'y avait personne à côté de lui lorsqu'il a été poignardé, la seule personne qui a pu le poignarder, c'est lui-même. En vérité, c'est un suicide.

— Mais pourquoi diable se serait-il suicidé ? demanda Raymond West, incrédule.

L'homme de loi toussota de nouveau.

— Ah ! voilà de nouveau une question théorique. Pour l'instant, je ne m'intéresse pas aux théories. Si l'on exclut le surnaturel, auquel je ne crois pas une seconde, il me semble que cela n'a pas pu se passer autrement. Il s'est poignardé et, en tombant, son bras a été projeté de côté, arrachant le poignard à la blessure et l'expédiant au loin, dans la zone des arbres. C'est assez invraisemblable, mais c'est possible.

— Je n'aime pas dire que je suis sûre, fit miss Marple. Tout cela me laisse fort perplexe. Mais il arrive des choses vraiment très curieuses ! L'année dernière, au cours de la garden-party donnée par lady Sharpley, l'homme qui installait le jeu de l'horloge a trébuché sur un chiffre, et il est resté inconscient pendant cinq minutes.

— Oui, ma tante, convint aimablement Raymond, mais il n'a pas été poignardé, que je sache ?

— Bien sûr que non, mon cher Raymond. C'est ce que je vous dis. Bien sûr, ce pauvre sir Richard, n'a pu être poignardé que d'une seule manière, mais pour commencer j'aimerais savoir ce qui l'a fait trébucher. Bien sûr, cela aurait pu être une racine. Il aurait pu être en train de regarder la jeune fille bien sûr, à la lumière de la lune, on trébuche.

— Vous disiez que sir Richard n'avait pu être poignardé que d'une seule façon, miss Marple ? dit le pasteur en la dévisageant d'un air intrigué.

— C'est très triste, et je n'aime pas y penser. Il était droitier, non? Je veux dire que pour se poignarder l'épaule gauche, il faut forcément l'être. Le cas de ce pauvre Jack Baynes m'a toujours désolée. Pendant la guerre, il s'était tiré lui-même une balle dans le pied, après les terribles affrontements d'Arras. Il me l'a raconté quand je suis allée le voir à l'hôpital, et il en avait grand honte. Je ne pense pas que ce pauvre Elliot Haydon ait tiré grand avantage de son crime.

— Elliot Haydon? s'écria Raymond. Vous croyez que c'est lui qui l'a fait?

— Je ne vois pas qui d'autre aurait pu le faire, déclara miss Marple, en ouvrant de grands yeux étonnés. Je veux dire comme Mr Petherick l'a sagement fait remarquer, si on considère les faits et qu'on ne tient pas compte de toute cette atmosphère de déesses païennes, que je ne trouve pas très agréable. C'est lui qui est allé vers son cousin le premier, il l'a retourné, et bien sûr pour le faire il a fallu qu'il tourne le dos à tous les autres, et comme il était déguisé en chef de brigands, il portait sûrement une arme quelconque à la ceinture. Je me rappelle avoir dansé avec un homme déguisé en chef de brigands dans ma jeunesse. Il portait quatre ou cinq sortes de couteaux et de poignards à sa ceinture; vous n'imaginez pas combien c'était gênant et inconfortable pour sa partenaire.

Tous les yeux se tournèrent vers le révérend Pender.

— J'ai appris la vérité cinq ans après cette tragédie, déclara-t-il. Sous forme d'une lettre que m'adressa Elliot Haydon. Il s'y déclarait persuadé que je l'avais toujours suspecté. Il disait qu'il avait succombé à une soudaine tentation. Il aimait lui aussi Diana Ashley, mais il n'était qu'un pauvre avocat. Richard disparu, ses titres et ses biens lui revenant, un brillant avenir s'ouvrait devant lui. Le poignard avait glissé de sa ceinture lorsqu'il s'était agenouillé à côté de Richard et presque sans avoir eu le temps de penser, il le lui avait plongé dans le corps et l'avait remis à sa ceinture. Plus tard, il s'était poignardé lui-même pour détourner les soupçons. Il m'avait écrit la veille de son départ en expédition pour le pôle Sud au cas, disait-il, où il ne reviendrait pas. Je pense d'ailleurs qu'il n'avait pas l'intention de revenir, et je sais que, comme vient de le dire miss Marple, son crime ne lui avait guère profité. « Depuis cinq ans, je vis un enfer, m'écrivait-il. J'espère au moins pouvoir expier mon crime par une mort honorable. »

Il y eut un silence.

— Il a effectivement trouvé une mort honorable, remarqua sir Henry. Vous avez changé les noms dans votre histoire, révérend Pender, mais je crois avoir reconnu l'homme dont vous parlez.

— Comme je vous le disais, conclut le vieil ecclésiastique, je ne pense pas que cette explication rend compte de tous les faits. Je persiste à croire que ce bosquet exerçait une influence maléfique, une influence qui a guidé les actes d'Elliot Haydon. Aujourd'hui encore, je ne puis songer sans frissonner au Sanctuaire d'Astarté.

3

LES LINGOTS D'OR

(Ingots of gold)

— J'ai peut-être tort de vouloir vous raconter cette histoire, déclara Raymond West, parce que je ne peux pas vous en donner la solution. Mais les faits sont si intéressants et si curieux que j'aimerais vous la proposer comme un problème à résoudre et peut-être qu'à nous tous, nous lui trouverons une conclusion logique ?

» Les événements remontent à deux ans, quand je suis allé passer les fêtes de Pentecôte chez un certain John Newman, en Cornouailles.

— En Cornouailles ? s'exclama Joyce Lemprière.

— Oui. Pourquoi ?

— Oh, pour rien ! Seulement c'est drôle. Mon histoire se passe aussi en Cornouailles, dans un petit village de pêcheurs, du nom de Rathole. Ne me dites pas que c'est le même !

— Non, mon village s'appelle Polperran. Il est situé sur la côte occidentale. C'est un endroit rocheux et sauvage. J'avais fait la connaissance de Newman quelques semaines auparavant et j'avais trouvé en lui un compagnon très intéressant. Intelligent et non dépourvu de moyens, il était doué d'une imagination très romanesque. La location de *Pol House* était le résultat de sa dernière passion. Il faisait autorité pour l'époque élisabéthaine, et il m'avait décrit, dans un langage aussi vivant qu'imagé, la défaite de l'Armada espagnole. Il en parlait avec une telle chaleur qu'on aurait pu croire qu'il en avait été le témoin. La réincarnation existe-t-elle? Je... me le demande... Je me le demande vraiment.

— Tu es si romanesque, mon cher Raymond, dit miss Marple, en le regardant avec bienveillance.

— Je suis tout sauf romanesque, répliqua Raymond West, légèrement agacé. Mais ce bon Newman était si plein de son sujet qu'il m'intéressait à cause de ça, comme une bizarre survivance du passé. Il se trouve qu'un bateau appartenant à l'Armada, dont on savait qu'il transportait une grande partie du trésor espagnol sous forme d'or, avait fait naufrage sur les côtes de Cornouailles, sur les célèbres et dangereux Rochers du Serpent. Pendant quelques années, me dit Newman, on avait tenté de renflouer le navire et de retrouver le trésor. Il existe beaucoup d'histoires de ce genre, mais le nombre des trésors mythiques transportés par des bateaux dépasse de très loin celui des trésors authentiques. On avait même constitué une société, mais elle avait fait faillite et Newman avait pu racheter les droits de la chose, ou Dieu sait comment vous appelez ça, pour une bouchée de pain. Il était très enthousiaste. D'après lui, c'était une simple question de techniques scientifiques ultra-modernes. L'or était là et il ne doutait pas qu'on puisse le retrouver.

» Tout en l'écoutant, je me disais que les choses se passent souvent ainsi. Un homme riche comme Newman réussit presque sans effort alors que, selon toutes probabilités, la valeur monétaire de la découverte signifierait très peu pour lui. Je dois dire que je fus gagné par son enthousiasme. Je voyais des galions rabattus vers les côtes, poussés par la tempête, s'échouant, se brisant sur les rochers. Le mot « galion » avait à lui seul une résonance romantique. « L'or espagnol » est un accouplement de mots qui remue aussi bien l'écolier que l'adulte. En outre, je travaillais alors à un roman dont certaines scènes se passaient au XVIe siècle, et j'avais la perspective de tirer de mon hôte de l'authentique couleur locale.

» Je partis le vendredi matin de Paddington, de fort bonne humeur. Il n'y avait qu'une seule personne dans le compartiment, dans le coin opposé au mien, un homme de grande taille, à l'allure militaire. Je ne pouvais pas me défaire de l'impression de l'avoir déjà vu quelque part. Je me creusai longtemps la cervelle en vain. Enfin, ça me revint. C'était l'inspecteur Badgworth que j'avais rencontré à propos de ma série d'articles dans l'affaire de la disparition d'Everson.

» Je me rappelai à son souvenir, et nous nous mîmes à deviser agréablement. Quand je lui dis que je me rendais à Polperran, il me fit remarquer que c'était une drôle de coïncidence car il s'y rendait également. Ne voulant pas paraître indiscret, je ne lui demandai pas ce qu'il allait y faire. En revanche je lui parlais de ce qui m'attirait là-bas, et mentionnai le galion espagnol naufragé. A ma vive surprise, l'inspecteur n'en ignorait rien.

» — Il doit s'agir du *Juan Fernandez*, me dit-il. Votre ami ne sera pas le premier à engloutir de l'argent en essayant d'en tirer de l'or. C'est une idée chimérique.

» — Toute cette histoire n'est sans doute qu'un mythe, répliquai-je. Peut-être qu'aucun navire n'a jamais fait naufrage là-bas.

» — Oh ! ce navire a bien sombré là-bas, et beaucoup d'autres encore, rétorqua l'inspecteur. Vous seriez étonné d'apprendre combien de naufrages il y a eu sur ces côtes. En fait, c'est ce qui m'amène maintenant. C'est là que l'*Otrante* a coulé il y a six mois.

» — Je me rappelle avoir lu ça dans les journaux, dis-je. Il n'y avait pas eu de pertes humaines, je crois ?

» — Non, mais quelque chose d'autre a été perdu. La plupart des gens l'ignorent, mais l'*Otrante* transportait de l'or en barres.

» — Ah ? dis-je, très intéressé.

» — Nous avons mis évidemment des équipes de sauvetage à l'œuvre, mais... *l'or avait disparu, Mr West.*

» — Disparu ? m'écriai-je. Comment peut-il avoir disparu ?

» — C'est toute la question, répondit l'inspecteur. Les rochers avaient creusé un grand trou dans la chambre forte. Il a été facile d'y pénétrer par là, mais les plongeurs l'ont trouvée vide. Toute l'histoire se résume ainsi : l'or a-t-il été volé avant ou après le naufrage ? A-t-il jamais été entreposé dans la chambre forte ?

» — Curieuse affaire, fis-je.

» — Très curieuse, en effet, si l'on songe à ce que représentent des lingots d'or. Il ne s'agit pas d'une rivière de diamants, qu'on peut glisser dans sa poche. Quand on sait à quel point c'est lourd et encombrant, ma foi, cela paraît absolument impossible. Il peut y avoir eu un tour de passe-passe avant que le bateau ne prenne la mer. Mais si ce n'est pas le cas, ils ont été enlevés au cours des six derniers mois. C'est pour éclaircir cette histoire que je vais là-bas.

» Newman m'attendait à la gare. Il regrettait de n'avoir pas sa voiture, qui se trouvait en réparation à Truro. Il était venu me chercher avec la fourgonnette de la ferme.

» Je grimpai à côté de lui, et nous traversâmes prudemment les rues étroites du village de pêcheurs. Après avoir grimpé une pente abrupte, avec une inclinaison, je dirais, de 5 %, puis emprunté sur une courte distance une route en lacets, nous franchîmes les piliers de granit flanquant l'entrée de *Pol House*.

» L'endroit était charmant. Il était situé sur les falaises, avec une belle vue sur la mer. Une aile moderne avait été ajoutée au corps du bâtiment qui datait de trois ou quatre siècles. Derrière, trois ou quatre hectares de terres cultivables.

» — Bienvenue à Pol House, à l'enseigne du *Galion d'Or*, me déclara Newman, en me montrant du doigt, au-dessus de la porte, la reproduction parfaite d'un galion espagnol, toutes voiles dehors.

» La première soirée fut aussi plaisante qu'instructive. Mon hôte me montra de vieux manuscrits relatifs au *Juan Fernandez*. Il déroula des cartes pour moi, m'indiqua sa position avec des pointillés, et déploya des plans d'appareils de plongée qui, je dois l'avouer, me parurent absolument stupéfiants.

» Je lui racontai ma rencontre avec l'inspecteur Badgworth, ce qui l'intéressa vivement.

» — La côte est peuplée de drôles de gens, dit-il, songeur. Ils ont la contrebande dans le sang. Quand un bateau s'échoue sur ces rochers, ils ne peuvent pas s'empêcher de le considérer comme un objet de pillage qui leur est légalement destiné. Il y a quelqu'un ici que j'aimerais que vous voyiez. C'est une véritable survivance du passé.

» Le lendemain matin, il faisait un temps splendide. Newman m'emmena à Polperran et me présenta son scaphandrier, un certain Higgins. C'était un homme au visage de bois, très taciturne, qui ne s'exprimait que par monosyllabes. Ils discutèrent tous les deux de problèmes purement techniques, après quoi nous allâmes aux *Trois Ancres*. Une chope de bière délia en quelque façon la langue de ce remarquable individu.

» — Un policier a débarqué de Londres, grommela-t-il. Ils disent que ce bateau qui a coulé en novembre transportait un sacré tas d'or. Eh bien, c'est pas le premier qui s'échoue ici, et ce sera pas le dernier.

» — Sûr, sûr, dit le patron des *Trois Ancres*, faisant chorus.

» — C'est bien vrai ce que tu dis, Bill Higgins.

» — Je pense bien, Mr Kelvin ! repartit Higgins.

» Je dévisageai avec curiosité le patron. C'était un type peu ordinaire, brun et basané, aux larges épaules. Ses yeux étaient injectés de sang et il avait une façon étrangement furtive d'éviter votre regard. Je le soupçonnais d'être celui dont m'avait parlé Newman, la véritable survivance du passé.

» — Sur la côte, on n'aime pas que des étrangers viennent se mêler de nos affaires, lança-t-il avec une certaine agressivité.

» — Comme la police ? demanda Newman, en souriant.

» — Comme la police... et comme *d'autres*, rétorqua Kelvin d'un air entendu. N'allez pas l'oublier, monsieur.

» — Et vous savez, Newman, à mon avis ça sonnait comme une menace, dis-je tandis que nous grimpions la colline pour rentrer.

» Mon ami se mit à rire.

»— Ridicule ! Je ne fais de mal à personne, ici.

Je secouai la tête, sceptique. Ce Kelvin avait quelque chose de sinistre et de grossier. J'avais le sentiment que son esprit devait emprunter des voies étranges et inconnues. C'est à compter de ce jour que je me suis senti inquiet. J'avais bien dormi la première nuit, mais la nuit suivante mon sommeil fut très agité. Le dimanche matin se leva sur un ciel sombre et couvert, un orage menaçait. Je n'ai jamais su dissimuler mes états d'âme et Newman remarqua le changement qui s'était produit en moi.

»— Qu'est-ce qui ne va pas, West ? Vous me semblez un paquet de nerfs, ce matin.

»— Je ne sais pas, dis-je, mais j'ai d'horribles pressentiments.

»— C'est à cause du temps !

»— Oui, peut-être.

»Je n'en dis pas plus. L'après-midi, nous sortîmes dans le canot à moteur de Newman, mais la pluie s'abattit avec une telle violence que nous fûmes heureux de mettre pied à terre et d'enfiler des vêtements secs.

»Dans la soirée, mon malaise ne fit que croître. Dehors, la tempête hurlait, rugissait. Vers 10 heures, elle se calma. Newman jeta un coup d'œil par la fenêtre.

»— Le ciel s'éclaircit, déclara-t-il. Je ne serais pas étonné qu'on ait une belle nuit d'ici une demi-heure. Si c'est le cas, j'irai faire un petit tour.

»Je bâillai.

»— J'ai terriblement sommeil, dis-je. Je n'ai pas beaucoup dormi la nuit dernière. Je crois que je ne vais pas tarder à aller me coucher.

»Ce que je fis. J'avais très peu dormi la veille. Cette nuit-là je dormis lourdement. Mais pas paisiblement pour autant. J'étais encore oppressé par un affreux pressentiment ; je fis d'épouvantables rêves. Je voyais de terrifiants abîmes et d'immenses précipices parmi lesquels j'errais, sachant qu'un faux pas signifiait la mort. Les aiguilles de ma montre indiquaient 8 heures lorsque j'ouvris les yeux. J'avais très mal à la tête et j'étais encore sous l'impression de terreur que m'avaient causée mes rêves de la nuit.

» Cette impression était encore si vive que quand j'ouvris la fenêtre, je reculai en sursautant, de nouveau saisi de terreur. Car la première chose que j'avais vue — ou que j'avais cru voir — c'était un homme creusant une tombe. Il me fallut quelques minutes pour me remettre. Puis je compris que le fossoyeur était le jardinier de Newman, et que la « tombe » était destinée à trois rosiers, qui reposaient pour l'heure sur la pelouse, attendant le moment propice pour être plantés.

» Le jardinier leva la tête, me vit et porta la main à son chapeau.

» — Bonjour, monsieur. Belle matinée, monsieur.

» — Sans doute, dis-je sans conviction, n'ayant pas encore réussi à retrouver mon calme.

» Quoiqu'il en soit, comme venait de le dire le jardinier, la matinée était belle. Le soleil brillait et le ciel était d'un bleu pâle qui laissait espérer du beau temps pour la journée. Je descendis prendre mon petit déjeuner en sifflotant. Newman n'avait pas de domestiques vivant dans la maison. Deux sœurs d'âge mûr venaient chaque jour de la ferme voisine satisfaire ses modestes besoins. L'une d'elles posait justement la cafetière sur la table quand je pénétrai dans la salle à manger.

» — Bonjour, Elisabeth. Mr Newman n'est pas encore descendu ?

» — Il a dû sortir de bonne heure, monsieur, me répondit-elle. Il n'était pas dans la maison quand nous sommes arrivées.

» Mon angoisse se réveilla aussitôt. La veille et l'avant-veille, Newman était descendu déjeuner assez tard, et je ne l'imaginais pas se levant à l'aube. Mû par mes pressentiments, je grimpai jusqu'à sa chambre. Elle était vide et, de plus, son lit n'avait pas été défait. En examinant rapidement la pièce, je découvris encore autre chose. Si Newman était allé se promener, il était sorti dans le costume qu'il portait au dîner car celui-ci n'y était pas. J'étais sûr, maintenant que mes pressentiments étaient justifiés. Newman avait dû sortir se promener comme il me l'avait annoncé. Pour une raison ou une autre, il n'était pas rentré. Pourquoi ? Avait-il eu un accident ? Etait-il tombé de la falaise ? Il fallait organiser tout de suite des recherches.

» En l'espace de quelques heures, je rassemblai un bon nombre de volontaires, et nous partîmes en chasse dans toutes les directions, le long de la falaise et en bas, sur les rochers. Mais il n'y avait pas trace de Newman.

» A la fin, désespéré, j'allai voir l'inspecteur Badgworth. Son visage devint très grave.

» — Il y a quelque chose de louche dans tout ça, dit-il. Il y a quelques individus, par ici, que les scrupules n'étouffent pas. Avez-vous déjà rencontré Kelvin, le patron des *Trois Ancres* ?

» J'opinai du bonnet.

» — Savez-vous qu'il a fait un petit tour en prison, il y a quatre ans ? Agression et voies de fait.

» — Ça ne m'étonne pas, dis-je.

» — On a l'air de penser ici que votre ami a tendance à fourrer son nez dans des affaires qui ne le regardent pas. J'espère qu'il ne lui est rien arrivé de grave.

» On poursuivit les recherches avec une ardeur redoublée. C'est en fin d'après-midi seulement que nos efforts furent récompensés. Nous découvrîmes Newman dans un fossé profond, dans un coin de sa propriété. Il avait les pieds et les mains soigneusement liés, et un mouchoir enfoncé dans la bouche pour l'empêcher de crier.

» Il souffrait beaucoup et était terriblement épuisé. Mais après quelques frictions des poignets et des chevilles et une bonne rasade de whisky, il fut capable de nous expliquer ce qui s'était passé.

» Le temps s'étant dégagé, il était sorti se promener vers 11 heures. Il avait longé les falaises jusqu'au lieu-dit la Caverne des Contrebandiers, en raison des nombreuses grottes qui s'y trouvent. Ayant aperçu des hommes occupés à décharger un petit bateau, il était descendu pour voir de plus près de quoi il s'agissait. La marchandise, quelle qu'elle soit, paraissait très lourde et on la transportait dans une des grottes les plus éloignées.

» Sans soupçonner quoi que soit de louche, Newman fut néanmoins intrigué. Il s'était approché très près sans se faire remarquer. Soudain il entendit un cri d'alarme. Aussitôt deux marins taillés en force fonçaient sur lui et il perdit conscience. Lorsqu'il reprit connaissance, il était couché dans il ne savait quel véhicule à moteur qui, autant qu'il pouvait en juger, grimpait, avec beaucoup de sauts et soubresauts, le chemin de la côte du village. A sa grande surprise, le véhicule pénétra dans sa propriété.

Là, après avoir chuchoté entre eux, les hommes le tirèrent du camion et le jetèrent dans un fossé assez profond pour qu'il ne puisse pas être découvert avant un certain temps. Puis le camion repartit et sortit, pensait-il, par une autre porte, située cinq cents mètres plus près du village. Tout ce qu'il put dire de ses agresseurs fut que c'étaient certainement des marins et qu'ils parlaient avec l'accent de Cornouailles.

» L'inspecteur Badgworth fut très intéressé.

» — C'est sûrement là qu'avait été caché le butin ! s'exclama-t-il. Il aura été sauvé du naufrage d'une manière quelconque et entreposé dans une grotte écartée. Tout le monde sait qu'après avoir fouillé toutes les grottes de la Caverne des Contrebandiers, nous allions poursuivre nos recherches plus loin. Ils ont dû déplacer la marchandise pendant la nuit et l'entreposer dans une grotte que nous avons déjà fouillée et qui, par conséquent, a peu de chance d'être fouillée de nouveau. Malheureusement, ils ont eu au moins dix-huit heures pour disposer de la marchandise. S'ils ont mis la main sur Mr Newman la nuit dernière, nous ne trouverons sans doute plus rien maintenant.

» L'inspecteur se dépêcha d'aller relancer les recherches. On découvrit que le butin semblait effectivement avoir été entreposé là, mais on l'avait de nouveau changé de place et rien n'indiquait où on avait pu l'emmener.

« On releva cependant un indice dont l'inspecteur me fit part le lendemain matin.

» — Rares sont les véhicules qui empruntent ce chemin, me dit-il, et à plusieurs endroits nous avons relevé des traces de pneus très nettes. L'un d'eux a laissé des marques triangulaires qu'on ne peut confondre avec aucune autre. Certaines de ces empreintes se dirigent vers la maison, d'autres vers l'autre porte, ce qui prouve qu'il s'agit bien du véhicule que nous recherchons. Maintenant, pourquoi sont-ils sortis par cette porte éloignée ? Il me paraît clair qu'il s'agit d'un camion du village. Et au village, ils ne sont pas nombreux à posséder un camion — deux ou trois au plus. Kelvin, le propriétaire des *Trois Ancres* en a un.

» — Quel a été le premier métier de Kelvin ? demanda Newman.

» — Curieux que vous posiez cette question, Mr Newman. Dans son jeune temps, Kelvin a été plongeur professionnel.

» J'échangeai un regard avec Newman. Les différentes pièces du puzzle semblaient se mettre en place.

» — Kelvin n'était pas parmi les hommes de la plage ? demanda l'inspecteur.

» Newman secoua la tête.

» — Je crains de ne pouvoir vous être d'aucun secours à ce sujet, déclara-t-il à regret. Je n'ai pas eu le temps de voir quoi que ce soit.

» L'inspecteur eut l'amabilité de me permettre de l'accompagner aux *Trois Ancres*. Le garage se trouvait dans une rue adjacente. La grande porte était fermée, mais en remontant l'allée qui le longeait, nous découvrîmes une petite porte qui y conduisait. Celle-ci était ouverte. Une rapide inspection des pneus fut suffisante.

» — Nom de Dieu, nous le tenons ! s'exclama l'inspecteur. Voilà le dessin, plus vrai que nature, sur la roue arrière gauche ! Eh bien, Mr Kelvin, je ne pense pas que vous serez assez malin pour vous tirer de là !

Raymond West s'arrêta.

— Et alors ? dit Joyce. Jusque-là, je ne vois pas le problème, à moins qu'ils n'aient jamais retrouvé l'or.

— En effet. Ils n'ont jamais retrouvé l'or, répondit Raymond. Et ils n'ont jamais eu Kelvin non plus. J'imagine qu'il était trop malin pour eux, mais je ne vois pas très bien comment il s'y est pris. Il fut arrêté, au vu de la trace de pneu. Mais il se produisit quelque chose d'extraordinaire. Juste en face du garage, il y avait un cottage loué pour l'été par une femme peintre.

— Oh, ces femmes peintres ! s'exclama Joyce en riant.

— Comme vous dites « oh ! ces femmes peintres ! ». Celle-ci, en particulier, avait été malade pendant plusieurs semaines et, en conséquence, avait deux infirmières pour s'occuper d'elle. L'infirmière de nuit avait installé son fauteuil près de la fenêtre dont le store était relevé. Elle déclara que le camion n'aurait pas pu sortir du garage sans qu'elle le voie, et elle jura qu'en fait il n'avait pas quitté le garage cette nuit-là.

— Je ne pense pas que cela soit très difficile à comprendre, dit Joyce. L'infirmière s'est endormie, bien sûr. Elles s'endorment toujours.

— Cela... euh... on sait que c'est déjà arrivé, dit Mr Petherick avec diplomatie, mais il me semble que nous acceptons les faits sans les examiner suffisamment. Avant d'accepter le témoignage de cette infirmière, il faudrait examiner de plus près sa bonne foi. Un alibi fourni avec un empressement aussi suspect ne peut que semer le doute dans les esprits.

— Il y a aussi le témoignage de la femme peintre, dit Raymond West. Elle a déclaré qu'étant souffrante elle était restée éveillée presque toute la nuit, qu'elle aurait certainement entendu un camion, étant donné que ce n'était pas un bruit habituel et que la nuit avait été justement très calme après l'orage.

— Hum, fit le pasteur, c'est certainement un argument supplémentaire... Et Kelvin, il avait un alibi ?

— Il a déclaré qu'il était chez lui et couché depuis 10 heures du soir, mais qu'il n'avait aucun témoin en mesure de confirmer sa déclaration.

— L'infirmière s'est endormie, dit Joyce, et la malade aussi. Les gens pensent toujours qu'ils n'ont pas fermé l'œil de la nuit.

Raymond jeta un regard interrogateur au révérend Pender.

— Vous savez, ce Kelvin me fait pitié. C'est typique. Quand on veut abattre son chien, on l'accuse de la rage. Kelvin a fait de la prison. Mais à part cette trace de pneu, évidemment trop particulière pour n'être qu'une coïncidence, il n'y avait pas grand-chose à lui reprocher, sinon son passé.

— Votre sentiment, sir Henry ?

Celui-ci secoua la tête.

— Il se trouve que je connais un peu cette affaire, dit-il en souriant. Je ne peux donc pas parler.

— Bon, alors, tante Jane. Avez-vous quelque chose à dire ?

— Un instant, mon cher Raymond, déclara miss Marple. Je crains de m'être trompée. Deux mailles à l'envers, trois mailles à l'endroit, une maille sautée, deux mailles à l'envers... voilà, c'est juste. Tu disais ?

— Quelle est votre opinion ?

— Mon opinion risque fort de te déplaire, mon cher. J'ai remarqué qu'elle déplaît toujours aux jeunes. Je ferais mieux de ne rien dire.

— C'est ridicule, tante Jane ! Allez-y !

— Eh bien, mon cher Raymond, dit miss Marple en posant son tricot et en le regardant fixement. J'estime que tu devrais choisir tes amis avec plus de discernement. Tu es si crédule, mon petit, si facile à berner... peut-être parce que tu es écrivain et que tu as trop d'imagination. Cette histoire de galion espagnol ! Si tu avais été plus âgé et si tu avais eu plus d'expérience de la vie, tu te serais méfié immédiatement... Un homme que tu ne connaissais que depuis quelques semaines, par-dessus le marché !

Sir Henry éclata d'un rire tonitruant et se tapa sur la cuisse.

— Cette fois, Raymond, elle vous a eu ! s'écria-t-il. Miss Marple, vous êtes merveilleuse. Votre ami Newman, mon garçon, a un autre nom, — plusieurs autres noms, en fait. A l'heure actuelle, il ne se trouve pas en Cornouailles, mais dans le Devonshire, à Dartmoor, pour être exact, détenu à la prison de Princetown. Nous ne l'avons pas arrêté pour cette histoire de lingots d'or, mais pour le pillage de la chambre forte d'une banque londonienne. En fouillant son passé, nous avons retrouvé une bonne partie de l'or volé, enterrée dans le parc de *Pol House*. Ce n'était pas une mauvaise idée. Tout le long de la côte il court des histoires de bateaux échoués pleins d'or. Cela justifiait le plongeur, et cela aurait justifié plus tard l'existence de l'or. Mais il lui fallait un bouc émissaire, et Kelvin était le sujet idéal.

Newman joua à merveille sa petite comédie. Notre ami Raymond, étant un écrivain connu, faisait un témoin inattaquable.

— Mais l'empreinte de pneu ? objecta Joyce.

— Oh ! J'ai compris ça tout de suite, ma chère enfant, bien que je ne connaisse rien aux moteurs ! On peut changer les roues, vous savez — j'ai souvent vu des gens faire ça — et bien sûr ils pouvaient enlever une roue du camion de Kelvin, la sortir par la petite porte dans l'allée, la mettre sur le camion de Newman, amener le camion jusqu'à la plage par la porte principale, le charger d'or et remonter par l'autre porte. Après, ils ont dû rapporter la roue, la remettre sur le camion de Kelvin, tandis que quelqu'un d'autre, je suppose, ligotait Mr Newman dans le fossé. C'était très inconfortable et il y est sans doute resté plus longtemps que prévu. J'imagine que c'est le soi-disant jardinier qui s'est occupé de cette partie de l'affaire.

— Pourquoi dites-vous le « soi-disant jardinier », tante Jane ? demanda Raymond, intrigué.

— Eh bien, ce ne pouvait pas être un vrai jardinier, non ? répondit miss Marple. Les jardiniers ne travaillent pas le lundi de Pentecôte. Tout le monde sait ça.

Avec un sourire, elle replia son tricot.

— En vérité, c'est ce petit détail qui m'a mis sur la bonne voie, dit-elle en regardant son neveu. Quand tu seras propriétaire et que tu auras ton propre jardin, tu n'ignoreras plus ces petites choses-là.

4

LE SEUIL ENSANGLANTE

(The Bloodstrained Pavement)

— C'est étrange, commença Joyce Lemprière, mais cela ne me plaît pas beaucoup de vous raconter mon histoire. C'est arrivé il y a longtemps — il y a cinq ans pour être exacte — mais cela n'a pas cessé de me hanter depuis. Sous un aspect superficiel, souriant et brillant, il se cache quelque chose d'épouvantable. Et le plus étrange, c'est que l'esquisse que j'ai peinte à l'époque est comme imprégnée de cette atmosphère. Au premier regard, c'est le simple croquis d'une rue escarpée de Cornouailles inondée de soleil. Mais si l'on s'y attarde, quelque chose de sinistre s'en dégage. Je ne l'ai jamais vendue, mais je ne la regarde jamais. Elle est encore dans un coin de mon atelier, tournée vers le mur.

» L'endroit en question s'appelle Rathole. C'est un drôle de petit village de pêcheurs très pittoresque, trop pittoresque peut-être. Plein de boutiques avec des jeunes filles en sarrau, coiffées à la Jeanne d'Arc, occupées à faire des enluminures. C'est charmant, c'est original, mais très conscient de l'être.

— J'en sais quelque chose, grommela Raymond West. Maudits autocars ! Si étroits que soient les chemins qui y conduisent, aucun village pittoresque ne leur échappe.

Joyce hocha la tête.

— Les chemins qui mènent à Rathole sont en effet très étroits et aussi à pic que les murs d'une maison. Enfin, pour en revenir à mon histoire, j'étais allée passer quinze jours en Cornouailles pour y faire des croquis. Il y a une vieille auberge à Rathole : *Aux Armes de Polharwith*. On prétend que c'est la seule maison qui aurait résisté aux bombardements des Espagnols en mille cinq cent et quelques.

— Pas aux bombardements, dit Raymond West en fronçant les sourcils. Tâchez d'avoir une vue plus juste de l'histoire, Joyce.

— Quoi qu'il en soit, ils ont débarqué des canons, quelque part le long de la côte, y ont mis le feu et les maisons sont dégringolées. L'auberge était un endroit merveilleux, avec une espèce de vieux porche construit sur quatre piliers. J'avais trouvé un excellent point de vue et je m'installai pour travailler quand une voiture descendit la route en lacets de la colline. Bien entendu, il fallut qu'elle s'arrête juste devant l'auberge, à l'endroit le plus gênant pour moi. Il en sortit deux personnes, un homme et une femme. Je ne fis pas particulièrement attention à eux. Elle portait une espèce de robe de toile mauve et un chapeau mauve.

» L'homme ressortit de l'auberge et, à mon grand soulagement, alla garer sa voiture un peu plus bas, sur le quai. Puis il repassa devant moi pour rentrer à l'auberge. Juste à ce moment-là, une autre horrible voiture arriva, conduite par une femme vêtue d'une robe en chintz, le plus tape-à-l'œil que j'aie jamais vu, imprimé de fleurs écarlates je crois, et qui portait un chapeau de paille indigène — cubain, c'est ça ? — rouge vif.

» Cette femme n'arrêta pas sa voiture devant l'auberge, mais plus bas, sur le quai, derrière l'autre. Elle en descendit et l'homme, en la voyant, poussa un cri de surprise.

» — Carol ! Par tous les saints du paradis ! Se retrouver dans ce trou perdu ! Cela fait des années que je ne vous ai pas vue ! Hello, Margery !... c'est ma femme, vous savez. Il faut absolument que vous fassiez connaissance.

» Ils remontèrent la rue côte à côte, tandis que l'autre femme sortait de l'auberge pour venir à leur rencontre. Je n'avais fait qu'entrevoir la dénommée Carol lorsqu'elle était passée devant moi. Assez pour remarquer un menton poudré de blanc et une bouche flamboyante, et je me demandai — c'était une simple question — si Margery serait tellement enchantée de la voir. Je n'avais pas vu Margery de près, de loin, elle m'avait paru plutôt mal fagotée et extrêmement guindée.

» Evidemment, tout cela ne me regardait pas, mais on remarque parfois des choses bizarres et on ne peut s'empêcher de se faire des idées. D'où j'étais, seules me parvenaient des bribes de leur conversation. Ils envisageaient d'aller se baigner. L'homme, qui semblait se prénommer Denis, voulait louer une barque pour longer la côte. Il y avait une grotte qui valait la peine d'être vue à environ un mille de là. Carol voulait bien voir la grotte mais elle proposa de marcher le long des falaises et de l'aborder par la terre. Elle détestait les bateaux. A la fin, ils décidèrent que Carol prendrait le chemin de la falaise et les rejoindrait à la grotte, tandis que Denis et Margery rameraient jusque-là.

» En les entendant parler de baignade, l'envie me vint de me baigner moi aussi. La matinée était chaude et mon travail n'était pas fameux. En outre, je pensais que la lumière de l'après-midi serait beaucoup plus belle. Je ramassai mes affaires et me rendis sur une petite plage que je connaissais — une découverte que j'avais faite, juste à l'opposé de la grotte. Je pris un bain sensationnel, déjeunai de langue en boîte et de deux tomates, et rentrai l'après-midi, pleine de confiance et d'enthousiasme pour mon travail.

» Tout Rathole semblait endormi. J'avais eu raison à propos de la lumière, les ombres étaient maintenant beaucoup plus expressives. L'auberge des *Armes de Polharwith*, était le centre de mon dessin. Un rayon de soleil tombait obliquement et touchait le sol devant elle, produisant le plus curieux effet. Les baigneurs devaient être rentrés sains et saufs car deux maillots, l'un bleu foncé et l'autre écarlate, séchaient au soleil sur le balcon.

» Je me penchai un instant sur mon dessin pour corriger quelque chose qui n'allait pas. Dans un coin, quand je relevai la tête, un personnage, surgi comme par magie, était adossé à un pilier des *Armes de Polharwith*. A en juger par sa tenue, c'était sans doute un pêcheur. Mais il portait une longue barbe noire, et on ne pouvait pas rêver mieux si on cherchait un modèle de méchant capitaine espagnol. Je me mis à l'œuvre avec une hâte fébrile, craignant qu'il ne s'en aille, bien qu'à son air on eût pu croire qu'il était appuyé à ce pilier pour l'éternité.

» Il finit par bouger, mais par bonheur, j'avais eu ce que je voulais. Il vint vers moi et se mit à parler. Oh ! Pour parler il parlait !

— Rathole, me dit-il, est un endroit très intéressant.

» Cela, je le savais déjà mais j'eus beau le lui dire, je ne fus pas sauvée pour autant. J'eus droit à toute l'histoire du bombardement — je veux dire de la destruction — du village, dont le propriétaire des *Armes de Polharwith* avait été le dernier à périr : transpercé sur son propre seuil par la rapière d'un capitaine espagnol. Son sang avait jailli jusque sur le trottoir qui était resté taché pendant cent ans.

» Tout cela était en harmonie avec l'atmosphère langoureuse et somnolente de l'après-midi. L'homme avait une voix doucereuse avec, malgré tout, quelque chose d'assez effrayant sous-jacent. Il avait des manières obséquieuses et, pourtant, je sentais percer la cruauté. Il me fit comprendre, comme jamais auparavant, l'Inquisition et les atrocités commises par les Espagnols.

» Tandis qu'il me parlait, j'avais continué de peindre et je m'aperçus soudain que, prise par son récit, j'avais peint quelque chose qui n'existait pas. Sur les dalles blanches où tombait le soleil, devant les *Armes de Polharwith*, j'avais représenté des taches de sang. Il me sembla inouï que l'esprit puisse jouer des tours aussi extraordinaires à la main, mais en regardant encore une fois l'auberge, j'éprouvai un nouveau choc. Ma main n'avait fait que peindre ce que mon œil voyait — des taches de sang sur les dalles blanches.

» Je les fixai un moment. Puis je fermai les yeux en me disant : ne sois pas stupide, en fait, il n'y a rien du tout. Mais quand je les rouvris, les taches de sang étaient toujours là. Je me sentis soudain incapable de le supporter. J'interrompis le flot de paroles de mon pêcheur.

» — Dites-moi, ma vue n'est pas très bonne. Ces taches de sang, on les voit encore sur le trottoir ?

» Il me regarda gentiment, avec indulgence :

» — Pas de taches de sang aujourd'hui, madame. Ce que je vous raconte s'est passé il y a cinq cents ans.

» — Oui, dis-je, mais maintenant... sur le trottoir...

» Les mots s'éteignirent dans ma gorge. Je *savais*, oui je *savais* qu'il ne verrait pas ce que je voyais. Je me levai et, les mains tremblantes, rassemblai mes affaires. Sur ces entrefaites, le jeune homme arrivé le matin en voiture sortit de l'auberge. Il regarda la rue d'un bout à l'autre d'un air perplexe. Sa femme sortit sur le balcon et en retira les maillots de bain. Il se dirigea vers sa voiture puis, tout à coup, rebroussa chemin et s'adressa au pêcheur.

» — Dites-moi, mon brave, vous ne savez pas si la dame qui est arrivée dans l'autre voiture est rentrée ?

» — La dame avec la robe toute pleine de fleurs ? Non, monsieur, je ne l'ai pas vue. Elle est partie vers la grotte par la falaise, ce matin.

» — Je sais, je sais... Nous nous sommes baignés ensemble, puis elle nous a quittés pour rentrer, mais je ne l'ai pas revue depuis. Elle n'a pas pu mettre aussi longtemps. Les falaises ne sont pas dangereuses par ici, non ?

» — Tout dépend, monsieur, du chemin qu'on emprunte. La meilleure solution, c'est de prendre avec soi quelqu'un du pays.

» Il voulait clairement dire quelqu'un comme lui et il s'apprêtait à broder sur ce thème lorsque le jeune homme, lui coupant la parole sans cérémonie, retourna en courant vers l'auberge et appela sa femme sur le balcon.

» — Dis donc, Margery, Carol n'est toujours pas rentrée. C'est bizarre, tu ne trouves pas ?

» Je ne saisis pas la réponse de Margery, mais son mari poursuivit :

» — Tant pis, nous ne pouvons pas attendre plus longtemps. Nous devons pousser jusqu'à Penrithar. Tu es prête ? Je vais chercher la voiture.

» C'est ce qu'il fit et ils partirent tous les deux. Entre-temps, je m'étais reprise, déterminée à me prouver combien ridicules étaient mes fantasmes. Sitôt que leur voiture eut disparu, j'allai examiner de près les dalles devant l'auberge. Il va de soi que je n'y trouvai pas la moindre trace de sang. Non, tout cela n'était que le fruit d'une imagination déréglée. Cependant, cela ne faisait que rendre la chose encore plus effrayante. J'étais encore plantée au même endroit quand j'entendis la voix du pêcheur. Il me regardait avec curiosité.

» — Vous pensiez avoir vu des taches de sang, ici, madame ?

» J'acquiesçai.

» — C'est très curieux, très curieux... On dit, dans le pays, que si quelqu'un voit ces taches de sang...

» Il s'arrêta.

» — Eh bien ?

» Il poursuivit, de sa voix doucereuse à l'intonation de Cornouailles, mais à la prononciation involontairement souple de quelqu'un de cultivé, et en n'utilisant aucune des tournures locales :

» — On dit, madame, que si quelqu'un voit ces taches de sang, il y aura une mort violente dans les vingt-quatre heures.

» — Quelle horreur !

J'en eus froid dans le dos ! Il poursuivit, encourageant :

» — Vous trouverez dans la chapelle une intéressante plaque commémorative, madame, à propos d'une mort...

» — Non, merci, dis-je avec fermeté.

» Je tournai vivement les talons et remontai la rue en direction du cottage où je logeais. Juste en arrivant, je vis la dénommée Carol revenir par le chemin des falaises. Elle se dépêchait. Contre le gris des rochers, elle avait l'air d'une espèce de fleur rouge vénéneuse. Son chapeau avait la couleur du sang...

» Je me secouai. Décidément, je n'avais que sang à l'esprit.

» Plus tard, j'entendis le bruit de sa voiture. Je me demandai si elle allait, elle aussi, à Penrithar, mais elle tourna à gauche dans la direction opposée. Je regardai la voiture grimper la colline et disparaître, et, en quelque sorte, je respirai mieux. Rathole me parut retrouver sa paisible somnolence habituelle.

— Si c'est tout, déclara Raymond West comme Joyce s'arrêtait, je peux vous donner d'ores et déjà mon verdict : indigestion, taches devant les yeux après les repas.

— Ce n'est pas tout, dit Joyce. Ecoutez la suite. Je la découvris deux jours après, dans les journaux sous le titre de *Baignade fatale*. L'article relatait comment Mrs Dacre, l'épouse du capitaine Denis Dacre, s'était malheureusement noyée dans la crique de Landeer, un peu plus loin sur la côte. Son mari et elle s'étaient installés là à l'hôtel et avaient manifesté l'intention de se baigner, mais un vent froid s'était levé. Le capitaine Dacre avait estimé qu'il faisait trop froid pour lui et il s'était rendu, en compagnie de quelques autres personnes de l'hôtel, sur le terrain de golf voisin. Cependant, Mrs Dacre avait déclaré qu'il ne faisait pas trop froid pour elle et elle était partie seule vers la crique. Ne la voyant pas revenir, son époux s'inquiéta et descendit sur la plage avec ses amis. Ils trouvèrent ses vêtements par terre, près d'un rocher, mais il n'y avait pas trace de la malheureuse. On avait retrouvé son corps presque une semaine plus tard, renvoyé par la mer, un peu plus bas sur la côte. Il portait une vilaine blessure à la tête qui avait été faite avant la mort, et on en déduisit qu'elle avait dû plonger dans la mer et se cogner la tête contre un rocher. Autant que j'aie pu le calculer, sa mort avait dû survenir juste vingt-quatre heures après le moment où j'avais aperçu les taches de sang.

— Je proteste, déclara sir Henry. Il ne s'agit pas d'un problème, mais d'une histoire de fantômes. De toute évidence, miss Lemprière est un médium.

Mr Petherick toussota comme d'habitude.

— Un point m'a frappé, dit-il. Ce coup à la tête... je pense que nous ne devrions pas exclure la possibilité de quelque chose de louche. Mais je ne vois pas sur quoi m'appuyer. L'hallucination, ou la vision de miss Lemprière, est certainement intéressante, cependant, je ne comprends pas très bien à propos de quoi elle nous demande de nous prononcer.

— Indigestion et coïncidence, dit Raymond. De toute façon, vous ne pouvez pas être sûre qu'il s'agissait des mêmes personnes. D'ailleurs, cette malédiction, ou quelle que soit la façon que vous choisissez de l'appeler, ne peut s'appliquer qu'aux habitants de Rathole.

— A mon avis, dit sir Henry, ce sinistre pêcheur est mêlé à cette histoire. Mais comme Mr Petherick, j'estime que miss Lemprière ne nous a pas fourni beaucoup d'éléments.

Joyce se tourna vers le révérend Pender qui secoua la tête en souriant.

— C'est une histoire très intéressante, dit-il, mais je pense comme Mr Petherick et sir Henry, que vous ne nous avez guère fourni d'éléments.

Joyce regarda alors miss Marple avec curiosité. Celle-ci lui sourit.

— Moi aussi, je pense que vous n'avez pas été tout à fait honnête, ma chère Joyce, déclara-t-elle. Bien entendu, pour moi c'est différent. Je veux dire qu'étant une femme, j'accorde de la valeur aux vêtements. Mais ce n'est pas un problème qu'on peut honnêtement poser à un homme. Il a dû exiger un certain nombre de changements de tenues rapides. Mais quelle horrible femme ! Et quel homme plus horrible encore !

Joyce la regarda fixement.

— Tante Jane ! dit-elle. Euh... miss Marple ! Je veux dire, je crois... je crois que vous connaissez vraiment la vérité.

— Ma foi, ma chère, c'est beaucoup plus facile pour moi, du fond de mon fauteuil, que cela a été pour vous, d'autant plus qu'étant une artiste, vous devez être sensible aux atmosphères, n'est-ce pas ? Assise ici avec mon tricot, je ne vois que les faits. Les taches de sang dégouttaient évidemment du maillot de bain suspendu sur le balcon... et comme ce maillot était rouge, évidemment, les meurtriers ne s'étaient pas aperçus qu'il était taché de sang. Pauvre, pauvre petite !

— Pardonnez-moi, miss Marple, intervint sir Henry, mais je suis toujours dans le noir, vous savez ! Vous et miss Lemprière vous avez l'air de savoir de quoi vous parlez, mais nous, les hommes, nous nageons toujours en pleine obscurité.

— Je vais vous raconter la fin de l'histoire maintenant, dit Joyce. Cela se passe un an plus tard. Je séjournais sur une petite plage de la côte orientale, et j'étais en train de dessiner, quand j'eus soudain l'étrange sentiment de revivre une scène déjà vécue. Deux personnes, un homme et une femme, plantés sur le trottoir en face de moi, en accueillaient une troisième, une femme en robe de chintz imprimé de fleurs écarlates.

» — Carol, par tous les saints du paradis ! Quel plaisir de vous retrouver après tant d'années ! Vous ne connaissez pas ma femme ? Joan, je te présente une vieille amie à moi, miss Harding.

» Je reconnus l'homme sur-le-champ. C'était le même Denis que j'avais déjà vu à Rathole. Sa femme était différente — c'est-à-dire c'était Joan au lieu de Margery, mais elle sortait du même moule : jeune, plutôt mal fagotée, et guindée. Durant un instant, je crus devenir folle. Ils commencèrent à envisager d'aller se baigner. Je vais vous dire ce que j'ai fait. Sans perdre une seconde, j'ai foncé au poste de police. Ils penseraient probablement que j'avais perdu la tête, mais tant pis. Il se trouve que tout alla bien. Il y avait justement là un homme de Scotland Yard, spécialement venu pour cette affaire. La police — oh ! c'est horrible de parler de ça ! — soupçonnait Denis Dacre. Ce n'était pas son vrai nom — il en changeait au gré des situations. Il se liait toujours avec des jeunes filles, généralement plutôt tranquilles et guindées sans parents ni amis, il les épousait, puis il les assurait sur la vie pour de grosses sommes, et alors... Oh, c'est horrible ! La dénommée Carol, était sa vraie femme, et la méthode était toujours la même. C'est ce qui les a perdus. Les compagnies d'assurances ont conçu des soupçons. Dacre arrivait avec sa nouvelle épouse dans une petite station balnéaire puis Carol faisait son apparition, et ils partaient tous se baigner ensemble. Là on tuait la femme, Carol mettait ses vêtements et revenait en barque avec Dacre. Puis ils quittaient les lieux après s'être enquis de la prétendue Carol, et sitôt hors du village, Carol remettait en hâte ses vêtements flamboyants, refaisait son maquillage outrancier, retournait au village et en repartait dans sa propre voiture. Ils se renseignaient sur le sens du courant et la mort était censée se produire sur la côte, dans la station balnéaire suivante. Reprenant le rôle de l'épouse, Carol descendait sur une plage écartée et abandonnait les vêtements de leur victime près d'un rocher et repartait dans sa toilette fleurie pour attendre tranquillement que son mari la rejoigne.

— J'imagine que lorsqu'ils ont assassiné la malheureuse Margery, un peu de son sang a éclaboussé le maillot de Carol, mais celui-ci étant rouge, ils ne l'ont pas remarqué, comme l'a dit miss Marple. Seulement, quand ils l'ont suspendu sur le balcon, il a coulé. Oh ! je le vois encore ! fit-elle, en frissonnant.

— Mais oui ! s'exclama sir Henry. Je m'en souviens très bien maintenant. L'homme s'appelait en réalité Davis. J'avais complètement oublié que Dacre était une de ses nombreuses identités. Le couple était diabolique. Il m'avait toujours paru extraordinaire que personne n'ait jamais remarqué le changement. J'imagine, comme le dit miss Marple, que les vêtements sont plus aisément identifiables que les visages. En tout cas, le plan était très intelligent parce que, même quand nous avons soupçonné Davis, il n'a pas été facile de lui imputer le crime : il avait toujours un alibi inattaquable.

— Tante Jane, dit Raymond en la regardant avec curiosité, comment faites-vous ? Vous qui avez mené une existence si paisible, rien ne semble jamais vous surprendre.

— En ce monde, je trouve qu'une chose en rappelle toujours une autre, répondit miss Marple. Une certaine Mrs Green, vois-tu, a enterré cinq enfants — et ils étaient tous assurés. Ma foi, cela a fini par éveiller les soupçons.

Elle hocha la tête.

— Dans un village, la vie est souvent pleine de cruauté. J'espère pour vous, mes enfants, que vous ne saurez jamais à quel point le monde est cruel.

5

MOBILE CONTRE OCCASION

(Motive v. *Opportunity)*

Mr Petherick s'éclaircit la gorge plus longuement qu'à l'habitude.

— Je crains fort qu'après les histoires sensationnelles que vous avez entendues, mon petit problème ne vous semble bien fade, déclara-t-il d'un ton d'excuse. Il ne comporte pas d'effusion de sang, mais c'est un petit problème intéressant et assez ingénieux auquel je suis, par bonheur, capable d'apporter la bonne réponse.

— Pas trop juridique, j'espère ? demanda Joyce Lemprière. J'entends, des points de droit et un tas de références, Barnaby contre Skinner en l'année 1881 par exemple, ou des choses comme ça ?

Mr Petherick lui adressa un regard admiratif pardessus ses lunettes.

— Non, non, ma chère demoiselle. Ne craignez rien. L'histoire que je vais vous raconter est très simple et à la portée de n'importe quel profane.

— Pas d'arguties juridiques, alors ! fit miss Marple, en agitant une aiguille à tricoter sous son nez.

— Certainement pas, dit Mr Petherick.

— Ma foi, je n'en suis pas si sûre, mais écoutons votre histoire.

— Elle concerne un de mes anciens clients. Je l'appellerai Mr Clode, Simon Clode. C'était un homme très riche qui vivait dans une belle maison, non loin d'ici. Son fils unique était mort à la guerre, et ce fils avait laissé un enfant, une petite fille. La mère étant morte à la naissance, après la mort de son père, elle était allée vivre avec son grand-père, qui s'était aussitôt passionnément attaché à elle. La petite Chris faisait de lui tout ce qu'elle voulait. Je n'ai jamais vu un homme plus ensorcelé par un bambin et je ne saurais vous décrire son désespoir quand, à l'âge de onze ans, l'enfant attrapa une pneumonie et en mourut.

» Le malheureux Simon Clode était inconsolable. Un de ses frères était décédé peu de temps avant et il avait généreusement recueilli ses enfants : deux filles, Grace et Mary, et un garçon George. Mais tout en faisant preuve de beaucoup de bonté et de générosité envers son neveu et ses nièces, le vieillard ne reporta pas sur eux l'adoration qu'il avait vouée à sa petite-fille. On trouva un emploi pour George dans une banque des environs, et Grace épousa un jeune chercheur en chimie du nom de Philip Garrod. Mary, jeune fille paisible et discrète, vivait chez son oncle et veillait sur lui. Je crois qu'à sa manière peu expansive, elle lui était attachée. A en juger par les apparences, tout allait bien. Je dois préciser qu'après la mort de la petite Christobel, Simon Clode était passé me voir et m'avait prié de rédiger un nouveau testament. Sa fortune, qui était considérable, devait être maintenant divisée également entre son neveu et ses nièces, un tiers allant à chacun.

» Le temps passa. Rencontrant George Clode un jour par hasard, je lui demandai des nouvelles de son oncle. A ma surprise, il se rembrunit.

» — Si seulement vous pouviez redonner un peu de bon sens à l'oncle Simon ! me répondit-il, l'air à la fois perplexe et inquiet. Ces histoires de spiritisme deviennent de plus en plus graves.

» — Quelles histoires de spiritisme ? fis-je, très étonné.

» George me raconta tout. Comment Mr Clode s'était graduellement intéressé au sujet et comment, pour couronner le tout, il avait fait la connaissance d'une certaine Eurydice Spragg, une médium américaine. Cette femme, que George n'hésita pas à qualifier d'escroc fieffé, avait pris sur Simon Clode un énorme ascendant. Elle était pratiquement toute la journée chez lui, et ils organisaient des séances au cours desquelles l'esprit de la petite Christobel se manifestait au grand-père qui l'adorait.

» Je m'empresse de préciser que je ne suis pas de ceux qui méprisent le spiritisme et le tournent en ridicule. Comme je vous l'ai dit, je crois à ce que je vois. Et j'estime que si l'on examine les preuves en faveur du spiritisme avec un esprit impartial il reste assez de choses qu'il est impossible d'attribuer à la fraude ou de considérer comme négligeable. En conséquence, encore une fois, je ne peux dire ni que j'y crois, ni que je n'y crois pas. Il y a certains témoignages qu'on ne peut pas se permettre de réfuter.

» En revanche, le spiritisme se prête aisément à la fraude et à l'imposture, et tout ce que me raconta le jeune George Clode à propos de Mrs Eurydice Spragg me fit penser que Simon Clode était tombé dans de mauvaises mains, que Mrs Spragg était probablement un imposteur de la pire espèce. Aussi avisé qu'il fût dans le domaine pratique, on devait facilement pouvoir abuser ce vieillard dès que son amour pour sa petite-fille morte était en jeu.

» Plus j'y pensais, plus j'étais inquiet. J'éprouvais de l'affection pour les jeunes Clode, Mary et George, et je me rendais compte que cette Mrs Spragg avec l'influence qu'elle exerçait sur leur oncle, pouvait leur réserver de graves problèmes dans l'avenir.

» Je saisis donc la première occasion pour rendre visite à Simon Clode. Je trouvai Mrs Spragg installée dans la place en amie honorée. En la voyant, mes pires appréhensions se trouvèrent confirmées. C'était une forte femme d'âge mûr, habillée de façon voyante. Son discours était rempli de clichés à propos de « nos chers disparus » et autres choses de ce genre.

» Son époux, Mr Absalom Spragg, était également installé dans la maison. Mince et longiligne, il avait l'expression mélancolique et les yeux fuyants. Sitôt que je pus, je pris Simon Clode à part pour le sonder discrètement. Il était plein d'enthousiasme. Eurydice Spragg était merveilleuse ! Elle lui avait été envoyée pour répondre à ses prières. L'argent ne l'intéressait pas, venir en aide à un cœur affligé suffisait à son bonheur. Elle nourrissait des sentiments tout à fait maternels pour la petite Chris. Et il commençait à la considérer presque comme sa fille. Puis il m'expliqua en détail, comment il avait entendu Chris lui parler, lui dire combien elle était heureuse entre son père et sa mère. Il me rapporta encore d'autres sentiments que l'enfant aurait exprimés et qui, étant donné le souvenir que j'avais de la petite Chris, me paraissaient hautement improbables. Elle mettait l'accent sur le fait que « père et mère aimaient la chère Mrs Spragg ».

» — Mais bien sûr, vous êtes sceptique, Petherick ? me dit-il.

» — Non, je ne suis pas sceptique. Loin de là. J'accepte sans hésiter le témoignage de certaines personnes qui ont écrit sur le sujet, et j'accorderais respect et confiance à n'importe quel médium recommandé par elles. Je suppose que Mrs Spragg a de sérieuses références ?

» Simon s'extasia alors sur Mrs Spragg. C'était une envoyée du Ciel. Il avait fait sa connaissance dans la ville d'eaux où il avait passé deux mois durant l'été. Une rencontre de hasard aux merveilleuses conséquences !

» Je le quittai, fort mécontent. Certes, mes pires appréhensions étaient confirmées, mais je ne voyais pas ce que je pouvais faire. Après avoir beaucoup réfléchi, j'écrivis à Philip Garrod, qui, comme je vous le disais, venait d'épouser Grace Clode, l'aînée des filles. En termes aussi mesurés que possible, je lui exposai les faits. Je soulignai le dangereux ascendant que pouvait prendre sur son oncle une telle personne. Je lui suggérai de mettre Simon Clode en contact si possible avec des cercles réputés s'occupant de spiritisme. Je pensais qu'il n'aurait pas de mal à arranger ça.

» Garrod réagit promptement. Il mesura aussitôt — ce que je n'avais pas fait — la précarité de l'état de santé de Simon Clode, et, en homme pratique qu'il était, il se refusait à laisser spolier sa femme, son beau-frère et sa belle-sœur de l'héritage qui leur revenait légitimement. Il arriva la semaine suivante, amenant avec lui rien moins que le fameux Pr Longman. Longman était un savant de premier ordre, un homme dont l'intérêt qu'il portait au spiritisme ne pouvait qu'obliger à considérer ce domaine avec respect. Et ce n'était pas seulement un brillant savant. C'était un homme de la plus grande droiture.

» Cette visite eut des effets désastreux. Il semble que Longman n'ait pas dit grand-chose durant son séjour. On tint deux séances, je ne saurais dire dans quelles conditions. Longman resta sur la réserve tant qu'il se trouva dans la maison, mais sitôt parti, il envoya une lettre à Philip Garrod. Il reconnaissait n'avoir pas été capable de prendre Mrs Spragg en flagrant délit de fraude, néanmoins il penchait pour l'imposture. Il autorisait Garrod à montrer cette lettre à son oncle, s'il l'estimait nécessaire et il proposait de mettre lui-même

Simon Clode en rapport avec un médium au-dessus de tout soupçon.

» Philip Garrod s'empressa d'aller montrer la lettre à son oncle, mais le résultat ne fut pas celui qu'il attendait. Le vieillard piqua une terrible colère. Il s'agissait d'un complot destiné à discréditer Mrs Spragg, une sainte calomniée et offensée ! Elle lui avait d'ailleurs déjà expliqué l'amère jalousie dont elle était victime dans le pays. Il fit remarquer que Longman avait été obligé de reconnaître qu'il n'avait pas décelé de fraude. Eurydice Spragg était venue à lui aux heures les plus sombres de son existence, lui avait apporté aide et réconfort, il était prêt à la défendre, dût-il pour cela avoir à lutter avec tous les membres de sa famille. Elle comptait plus pour lui que n'importe quelle personne au monde.

» Philip Garrod fut mis à la porte sans cérémonie. Mais à la suite de cette colère, la santé de Simon Clode s'aggrava encore. Il avait gardé le lit presque continuellement le mois précédent mais maintenant il était menacé de rester grabataire jusqu'à sa mort. Deux jours après le départ de Philip Garrod, il me fit appeler d'urgence. Je le trouvai alité, et au plus mal à mes yeux de profane. Il avait des difficultés respiratoires.

» — Ma fin est proche, me dit-il. Je le sens. Inutile de discuter, Petherick. Mais avant de mourir, je veux remplir mon devoir envers la personne qui a fait pour moi plus que toute autre au monde. Je veux rédiger un nouveau testament.

» — Mais certainement, lui dis-je. Donnez-moi vos instructions, je vous le préparerai et vous l'enverrai.

» — Non, ça ne va pas, me répondit-il. Vous savez, mon vieux, je ne passerai peut-être pas la nuit. J'ai écrit là ce que je veux, ajouta-t-il en fouillant sous son oreiller. Dites-moi si c'est correct.

» Il me tendit une feuille de papier portant quelques mots griffonnés au crayon. C'était tout à fait simple et clair. Il léguait cinq mille livres à chacun de ses neveu et nièces, et le reste de sa considérable fortune à Eurydice Spragg, en témoignage « de gratitude et d'admiration ».

» Cela ne me plaisait pas mais c'était ainsi. Il n'était pas question d'invoquer l'irresponsabilité : le vieillard était aussi sain d'esprit que n'importe qui.

» Il sonna deux de ses domestiques. Elles arrivèrent aussitôt. La gouvernante, Emma Gaunt, était une grande femme d'âge mûr, à son servcice depuis de nombreuses années et qui le soignait avec dévouement. Avec elle était venue la cuisinière, une jolie femme bien en chair d'une trentaine d'années. Simon Clode les défia du regard, sous ses sourcils broussailleux.

» — Je veux que vous soyez témoins de mes dernières volontés. Emma, passez-moi mon stylo.

» Emma obéit et se dirigea vers le bureau.

» — Pas dans le tiroir de gauche, ma fille, fit Clode agacé. Comme si vous ne saviez pas qu'il se trouve à droite ?

» — Mais non, monsieur, le voilà, dit Emma en le lui montrant.

» — Alors, c'est que vous l'avez mal rangé la dernière fois, grommela le vieillard. J'ai horreur qu'on ne mette pas les choses à leur place.

» Grommelant toujours, il lui prit le stylo des mains, et recopia son brouillon, corrigé par moi, sur une feuille de papier blanc. Puis il signa. Emma Gaunt et la cuisinière,

Lucy David signèrent aussi. Je pliai le testament et le glissai dans une grande enveloppe bleue. Il avait forcément été rédigé sur une feuille de papier ordinaire.

» Comme les deux domestiques quittaient la pièce, Clode retomba sur ses oreillers, haletant, le visage tordu. Je me penchai sur lui avec angoisse et Emma Gaunt revint aussitôt sur ses pas. Le vieillard surmonta néanmoins son malaise, et esquissa un sourire.

» — Tout va bien, Petherick, ne vous inquiétez pas. De toute façon, je peux mourir en paix, à présent que j'ai fait ce que je voulais faire.

» Emma Gaunt me jeta un coup d'œil interrogateur, comme pour me demander si elle pouvait s'en aller. Je la rassurai d'un signe de tête et elle sortit, s'étant arrêtée d'abord pour ramasser l'enveloppe bleue que j'avais laissée tomber par terre sous le coup de l'inquiétude. Elle me la tendit et je la glissai dans la poche de mon manteau.

» — Vous êtes contrarié, Petherick. Comme tout le monde, vous avez un préjugé contre elle.

» — Ce n'est pas la question, dis-je. Mrs Spragg est peut-être tout ce qu'elle prétend être. Je ne verrais aucune objection à ce que vous lui fassiez un petit legs en témoignage de votre gratitude. Mais je vous le dis franchement, Clode, déshériter votre chair et votre sang, en faveur d'une étrangère, ce n'est pas juste.

» Là-dessus, je tournai les talons. J'avais fait ce que je pouvais, j'avais élevé ma protestation.

» Dans le vestibule, je rencontrai Mary Clode qui sortait du salon.

» — Vous prendrez bien une tasse de thé avant de

partir? Par ici, dit-elle en me faisant entrer dans le salon.

» Un feu brûlait dans l'âtre, la pièce était gaie et confortable. Mary me débarrassait de mon manteau quand son frère George entra. Il le lui prit des mains et alla le poser sur une chaise, à l'autre bout de la pièce, puis il revint près du feu et nous prîmes le thé. A un moment donné, on évoqua un problème touchant la gestion du domaine. Simon Clode ne voulant pas qu'on l'ennuie avec ça, il avait laissé George libre de décider. Mais George, inquiet, n'avait pas confiance en son propre jugement. Je lui proposai de passer dans le bureau, et d'examiner ses papiers avec lui. Mary nous suivit.

» Un quart d'heure plus tard, je me préparai à partir. Me rappelant avoir laissé mon manteau au salon, j'allai le chercher. Nous ne trouvâmes dans la pièce que Mrs Spragg, agenouillée à côté de la chaise sur laquelle il était posé. Elle avait l'air de faire subir à la housse en cretonne du siège un traitement plutôt inutile. En nous voyant entrer, elle se releva aussitôt, toute rouge.

» — Cette housse est mal adaptée, dit-elle. Même moi je serais capable de faire mieux.

» Je repris mon manteau. En l'enfilant, je m'aperçus que l'enveloppe renfermant les dernières volontés de Clode avait glissé par terre. Je la remis dans ma poche et pris congé.

» Je vais vous décrire soigneusement ce que je fis en arrivant à l'étude: J'enlevai mon manteau et retirai l'enveloppe de ma poche. Je l'avais encore à la main et j'étais à côté de mon bureau quand mon clerc entra. Quelqu'un me demandait au téléphone. Comme mon appareil était en dérangement, j'allai répondre dans un autre bureau où je restai environ cinq minutes à parler.

» Quand j'en sortis, mon clerc m'attendait.

» — Mr Spragg désire vous voir, monsieur. Je l'ai fait entrer dans votre cabinet.

» Je trouvai Mr Spragg assis devant mon bureau. Il se leva et me salua avec des manières plutôt onctueuses, puis il se lança dans un long discours décousu. En gros, c'était une justification malhabile de sa femme et de lui-même. Il craignait que les gens disent... etc. Son épouse était connue depuis sa petite enfance pour la pureté de son cœur et de ses intentions... et ainsi de suite. Je crains de m'être montré assez cassant. Il finit par comprendre que sa visite n'était pas un succès et il s'en alla assez brusquement. Je me rappelai alors avoir laissé le testament sur mon bureau. Je le pris, scellai l'enveloppe, écrivis ce qu'il fallait dessus et la déposai dans mon coffre.

» J'en arrive maintenant au point crucial de mon histoire. Deux mois plus tard, Simon Clode mourait. Je ne m'étendrai pas outre mesure, je m'en tiendrai aux faits : quand on ouvrit l'enveloppe scellée, *elle ne contenait plus qu'une feuille de papier blanc.*

Il s'arrêta, regarda les expressions intéressées des visages qui l'entouraient. Puis il se sourit à lui-même.

— Vous voyez où se situe le problème, bien sûr ? Depuis deux mois, cette enveloppe n'avait pas quitté mon coffre. On n'avait pas pu y toucher. Non, cela s'était produit dans un laps de temps très court. Entre le moment où le testament avait été signé et celui où je l'avais serré dans mon coffre. Maintenant, qui en avait eu l'occasion, et dans l'intérêt de qui ?

» Je récapitule sommairement les points essentiels : le testament signé par Mr Clode, est placé par mes soins sous enveloppe. Tout va bien jusque-là. Je le glisse dans la poche de mon manteau. Mary prend mon manteau et le tend à George, lequel va sous mes yeux le déposer sur un siège. Tandis que je me trouvais dans le bureau, Mrs Eurydice Spragg a eu largement le temps de s'en emparer et d'en prendre connaissance ; et c'est sans doute ce qu'elle a fait puisque j'ai retrouvé l'enveloppe par terre, et non dans ma poche. Mais ici, nous nous heurtons à un curieux problème : elle a eu *l'occasion* de substituer le papier blanc au testament mais elle n'avait pas le *mobile.* Le testament était en sa faveur et elle se serait privée d'un legs ardemment convoité. Il en va de même pour Mr Spragg. Lui aussi en a eu l'occasion. Il est resté seul deux ou trois minutes avec le document dans mon cabinet. Cependant, là encore, il n'avait pas intérêt à le faire. Nous nous heurtons donc à un curieux problème : les deux personnes ayant eu l'occasion de substituer au testament une feuille de papier n'avaient pas de mobile et les deux personnes qui avaient un mobile n'en ont pas eu l'occasion. Soit dit en passant, je ne laverais pas Emma Gaunt de tous soupçons. Elle était dévouée à ses jeunes maîtres et détestait les Spragg. Je suis sûr qu'elle aurait opéré sans hésiter la substitution, si seulement elle y avait pensé. Mais bien qu'elle ait eu effectivement l'enveloppe en main, lorsqu'elle l'avait ramassée par terre et me l'avait tendue, elle n'avait pas eu l'occasion d'en changer le contenu. Et elle n'aurait pas pu lui substituer une autre enveloppe par quelque tour de passe-passe (dont elle aurait été de toute façon incapable) parce que l'enveloppe en question avait été apportée dans la maison par mes soins et personne n'aurait pu en avoir une autre identique.

Il considéra en souriant son auditoire.

— Voilà mon petit problème. J'espère vous l'avoir clairement exposé. Je suis curieux d'entendre vos avis respectifs.

A la surprise générale, miss Marple laissa échapper un rire qui se prolongea. Quelque chose paraissait l'amuser énormément.

— Qu'y a-t-il, tante Jane ? Ne pourrions-nous partager votre gaieté ? demanda Raymond.

— Je songeais au petit Tommy Symonds, un méchant garnement, j'en ai peur, mais très drôle parfois. Un de ces gosses à l'air angélique, toujours en train de mijoter quelque mauvaise farce. Je pensais à la question qu'il a posée la semaine dernière au catéchisme : "Mademoiselle, diriez-vous plutôt que « le jaune des œufs est blanc » ou « les jaunes de l'œuf sont blancs ? »" A quoi miss Durston a répliqué qu'il valait mieux dire soit « le jaune de l'œuf est blanc » soit « les jaunes des œufs sont blancs. » Et le petit polisson a répondu : « Eh bien ! moi, je dirais plutôt que le jaune de l'œuf est jaune ! » C'était très méchant de sa part, bien sûr, et vieux comme le monde. Celle-là, je la connaissais déjà quand j'étais petite.

— Très drôle, ma chère tante, convint gentiment Raymond, mais cela n'a rien à voir avec la très intéressante histoire que nous a racontée Mr Petherick.

— Oh, mais si ! s'exclama miss Marple. C'est un

attrape-nigaud. Et l'histoire de Mr Petherick est aussi un attrape-nigaud. Bien digne d'un homme de loi ! Ah, mon cher vieil ami ! fit-elle en secouant la tête d'un air réprobateur.

— Je me demande si vous avez vraiment compris, répliqua Mr Petherick avec un clin d'œil.

Miss Marple griffonna aussitôt quelques mots sur un bout de papier qu'elle replia avant de le lui faire passer.

Mr Petherick le déplia, lut ce qui s'y trouvait écrit et lui jeta un regard admiratif.

— Ma chère amie, existe-t-il quelque chose que vous ignorez ?

— Je connaissais déjà ça quand j'étais petite. J'en ai usé, moi aussi.

— Je ne comprends pas de quoi vous parlez, déclara sir Henry. Je suis sûr que Mr Petherick a en réserve, dans sa manche, un vilain tour de prestidigitation légale.

— Pas du tout, pas du tout, dit Mr Petherick. C'est une affaire toute simple. Ne faites pas attention à miss Marple. Elle a sa façon à elle de voir les choses.

— Nous *devrions* pouvoir découvrir la vérité, déclara Raymond West, un brin vexé. Les faits semblent en effet très simples. Cinq personnes ont touché cette enveloppe. Il est clair que les Spragg auraient pu le faire mais il est tout aussi clair qu'ils ne l'ont pas fait. Reste les trois autres. Or, quand on songe aux extraordinaires tours de passe-passe que peuvent exécuter sous nos yeux les prestidigitateurs, il me paraît possible que George Clode ait pu sortir une feuille de papier d'une enveloppe et en mettre une autre à la place pendant qu'il allait déposer le manteau à l'autre bout de la pièce.

— Eh bien, *moi*, je pense que c'est la fille, dit Joyce. Je crois que la gouvernante est descendue en toute hâte lui raconter ce qui s'était passé, et elle a pris une autre enveloppe bleue qu'elle a substituée à la première.

Sir Henry secoua la tête.

— A mon avis, vous vous trompez tous les deux, déclara-t-il lentement. Les illusionnistes font ça sur la scène ou dans les romans, mais dans la vie je pense que c'est impossible, surtout sous des yeux aussi perçants que ceux de mon ami Mr Petherick. Cependant, j'ai une idée... une simple idée, sans plus. Nous savons que le Pr Longman est venu en visite, et n'a pas dit grand-chose. Il est légitime de penser que les Spragg étaient anxieux de connaître le résultat de sa visite. Si Simon Clode ne les avait pas mis dans la confidence, ce qui est vraisemblable, ils ont pu interprété d'une tout autre façon le fait qu'il ait envoyé chercher Mr Petherick. Ils ont pu croire que Mr Clode avait déjà fait un testament en faveur d'Eurydice Spragg et que le nouveau avait pour but de l'éliminer, à la suite des révélations du Pr Longman, ou encore que Philip Garrod avait fait valoir avec succès auprès de son oncle ses devoirs envers sa chair et son sang, comme vous dites, les hommes de loi. En ce cas Mrs Spragg se serait préparée à opérer une substitution. Ce qu'elle fait, mais Mr Petherick arrivant au mauvais moment, elle n'a pas eu le temps de lire le vrai document et le brûle en hâte pour le cas où le notaire découvrirait qu'il a disparu.

Joyce secoua la tête, avec décision.

— Elle ne l'aurait jamais brûlé sans l'avoir lu.

— Cette solution n'est pas fameuse, reconnut sir

Henry. Je suppose... euh... que Mr Petherick n'a pas aidé lui-même la Providence...

L'hypothèse ne pouvait être qu'une plaisanterie mais le petit notaire se redressa offensé.

— Hypothèse parfaitement déplacée, dit-il assez sèchement.

— Et le révérend Pender, que pense-t-il ? demanda sir Henry.

— J'avoue ne pas y voir très clair. A mon sens, la substitution a dû être effectuée par Mrs Spragg ou son mari, pour la raison qu'a invoquée sir Henry. Si Mrs Spragg n'a pu prendre connaissance du testament avant le départ de Mr Petherick, elle se sera trouvée devant un pénible dilemme, car elle ne pouvait pas avouer ce qu'elle avait fait. Elle a pu glisser ce papier parmi ceux de Mr Clode, avec l'idée qu'on le retrouverait après sa mort. Mais on ne l'a jamais retrouvé, je ne sais pas pourquoi. A moins que — simple supposition — Emma Gaunt l'ait découvert et délibérément détruit, par dévouement mal compris pour ses maîtres ?

— La solution du révérend me paraît la meilleure, s'exclama Joyce. Est-ce la bonne, Mr Petherick ?

L'homme de loi secoua la tête.

— Je reprendrai mon récit là où je l'avais interrompu. J'étais aussi abasourdi et perplexe que vous. Je crois que je n'aurais jamais découvert la vérité — probablement pas — mais on m'a éclairé. Cela avait été très intelligemment fait.

» Environ un mois plus tard, je dînais avec Philip Garrod. Dans le courant de la conversation, il fit allusion à un cas intéressant dont il venait d'avoir connaissance.

» — J'aimerais vous le raconter, Petherick, mais à condition que cela reste entre nous.

» — Bien entendu ! répondis-je.

» — Un de mes amis, qui avait des espérances du côté d'un de ses parents, fut atterré d'apprendre que celui-ci songeait à léguer sa fortune à une personne tout à fait indigne. Mon ami, je le crains, n'est pas très scrupuleux dans ses méthodes. Il y avait dans la maison une domestique, toute dévouée aux intérêts de ce que j'appellerai le parti légitime. Il lui donne des instructions très simples. Il lui remit un stylo rempli d'encre. Elle devait ranger ce stylo dans le secrétaire où son maître avait coutume de ranger le sien, mais pas dans le même tiroir. Si son maître la priait de lui servir de témoin, et lui demandait de lui apporter son stylo, elle devait lui donner non le bon, mais celui-là qui était une réplique exacte du premier. C'était tout ce qu'elle avait à faire. Il ne lui donna pas d'autres instructions. C'était une créature dévouée qui les observa soigneusement.

» Philip Garrod s'interrompit et demanda :

» — J'espère que je ne vous ennuie pas, Petherick ?

» — Pas du tout, dis-je. Je suis vivement intéressé.

» Nos regards se croisèrent.

» — Bien entendu, vous ne connaissez pas mon ami ?

» — Bien entendu, répondis-je.

» — Alors, c'est parfait, déclara Philip Garrod.

Il s'arrêta un instant et sourit.

— Vous avez compris ? Le stylo était rempli avec ce qu'on appelle de l'encre sympathique, — simple solution d'amidon additionnée de quelques gouttes de teinture d'iode. Cela donne un liquide bleu-noir, avec lequel ce qu'on écrit s'efface au bout de quatre ou cinq jours.

Miss Marple gloussa de nouveau.

— De l'encre sympathique ! Je connais ça. Je m'en suis servie quand j'étais enfant.

Rayonnante, elle sourit à ses amis, en agitant une fois de plus un index réprobateur en direction de Mr Petherick.

— N'empêche Mr Petherick, que c'est un attrape-nigaud. Bien digne d'un homme de loi !

6

L'EMPREINTE DE SAINT PIERRE

(The Thumb Mark of St. Peter)

— Et maintenant, à vous, tante Jane ! dit Raymond West.

— Oui, tante Jane, nous espérons quelque chose de particulièrement corsé ! renchérit Joyce Lemprière.

— Ah ! vous vous moquez de moi, mes enfants, répliqua miss Marple tranquillement. Vous pensez sans doute qu'il ne m'est jamais rien arrivé d'intéressant sous prétexte que j'ai vécu toute ma vie dans ce trou perdu.

— Dieu me garde de penser qu'il ne se passe rien dans un village, s'exclama Raymond avec conviction. Surtout après les horreurs que vous nous avez révélées. A côté de St Mary Mead, le monde cosmopolite est un havre de paix et de douceur.

— Ma foi, mon cher Raymond, la nature humaine est la même partout, mais dans un village, on a l'occasion de l'observer de plus près.

— Vraiment, vous êtes unique, tante Jane ! s'écria Joyce. J'espère que vous ne voyez pas d'inconvénient à ce que je vous appelle tante Jane ? ajouta-t-elle. Je ne sais vraiment pas pourquoi je fais ça !

— Vraiment vous ne le savez pas ? demanda miss Marple.

Elle leva la tête un instant, et la lueur ironique qui brillait dans ses yeux amena le feu aux joues de la jeune fille. Un peu gêné, Raymond West s'agita et s'éclaircit la gorge.

Miss Marple les regarda tous les deux, sourit encore et se pencha de nouveau sur son tricot.

— Il est vrai, bien sûr, que j'ai mené ce qu'on appelle une vie sans histoire, mais à force de chercher à résoudre les différents petits problèmes qui se présentaient, j'ai acquis de l'expérience. Il y en avait qui demandaient beaucoup d'astuce, mais ils concernent des choses si peu importantes qu'ils ne vous intéresseraient pas... Qui a tailladé le filet de Mrs Jones ? par exemple, ou pourquoi Mrs Sims n'a porté qu'une seule fois sa nouvelle fourrure ? Tout cela est pourtant très intéressant pour qui étudie la nature humaine. Non, je ne vois qu'une histoire de cette sorte, c'est celle qui concerne le mari de ma pauvre nièce Mabel.

» L'affaire remonte à dix ou quinze ans et, heureusement, tout le monde l'a oubliée maintenant. Par bonheur, les gens ont la mémoire courte.

Miss Marple s'interrompit et murmura :

— Je dois juste compter ce rang. Les diminutions sont

un peu délicates. Un, deux, trois, quatre, cinq, et trois mailles à l'envers : c'est ça. Voyons, où en étais-je ? Ah ! oui, à ma pauvre Mabel !

» Mabel était ma nièce. Une brave fille, oui, une très brave fille, mais juste un petit peu... ce qu'on appellerait *idiote*. Elle adorait dramatiser et employer de grands mots pour rien. A l'âge de vingt-deux ans, elle avait épousé un certain Mr Denman, et je crains que ce mariage n'ait pas été très heureux. J'avais espéré que leur attachement n'irait pas jusque-là car Mr Denman était un être violent, pas du tout du genre à témoigner de l'indulgence pour les faiblesses de Mabel ; et j'avais appris aussi qu'il y avait eu des cas de folie dans sa famille. Mais les filles étaient aussi obstinées alors qu'elles le sont aujourd'hui et qu'elles le seront toujours. Mabel l'épousa donc.

» Je ne la vis plus beaucoup ensuite. Elle vint une ou deux fois séjourner chez moi, et ils m'invitèrent à plusieurs reprises, mais comme je n'aime pas habiter chez les autres, je m'arrangeais toujours pour trouver une excuse. Ils étaient mariés depuis dix ans quand Mr Denman mourut subitement. Comme ils n'avaient pas eu d'enfants, toute sa fortune revenait à Mabel. Evidemment, j'écrivis à Mabel et lui proposai de venir si elle le désirait ; mais elle me fit une réponse très raisonnable, et j'en déduisis qu'elle ne devait pas être écrasée de chagrin. Cela me parut d'autant plus naturel qu'ils ne s'entendaient plus très bien depuis quelque temps. Cependant, trois mois plus tard, je recevais une lettre hystérique de Mabel, me suppliant de venir, me disant que les choses allaient de mal en pis et qu'elle ne pouvait plus le supporter.

» Bien entendu, poursuivit miss Marple, je mis Clara en pension, portai mon assiette et mon pot à bière Charles II à la banque et partis aussitôt. Je trouvai Mabel dans un état d'extrême nervosité. Sa maison, « Les Myrtes », était relativement grande et confortablement meublée. Mabel avait une cuisinière, une bonne à tout faire et une infirmière pour s'occuper du vieux Mr Denman, le père de son mari qui, comme on dit, « n'avait plus toute sa tête. » C'était un homme courtois et paisible, mais très bizarre par moments. Comme je vous l'ai dit, on connaissait des cas de folie dans la famille.

» Je fus très frappée par le changement qui s'était opéré en Mabel. Agitée de mouvements convulsifs, elle n'était plus qu'un paquet de nerfs, et pourtant, je n'arrivais pas à lui soutirer ce qui n'allait pas. Je parvins à mes fins de manière indirecte, comme toujours dans ces cas-là. Je lui demandai des nouvelles des Gallagher, des amis dont elle me parlait toujours dans ses lettres. A ma surprise, elle me répondit qu'elle ne les voyait plus guère. La même question, à propos d'autres amis, m'attira la même réponse. Je lui déclarai alors qu'elle avait tort de s'isoler pour remâcher ses difficultés et plus encore de cesser tout rapport avec ses amis. C'est alors qu'elle laissa éclater la vérité.

» — Cela ne vient pas de moi, mais d'eux. Il n'y a pas une âme, ici, qui accepterait de m'adresser la parole, maintenant. Quand je descends la grand-rue, les gens s'écartent pour éviter d'avoir à me rencontrer ou à me parler. Ils me traitent en pestiférée. C'est abominable, je ne peux plus le supporter. Il va falloir que je vende la maison et que je parte à l'étranger. Mais pourquoi doit-on me chasser d'ici? Je n'ai rien fait de mal!

» J'en fus plus bouleversée que je ne saurais le dire. Je tricotais alors un cache-nez pour la vieille Mrs Hay, et, dans mon trouble, je lâchai deux mailles et ne m'en aperçus que longtemps après.

» — Ma chère Mabel, dis-je, tu me vois stupéfaite. Comment expliques-tu ça?

» Même enfant, Mabel avait toujours été compliquée. J'eus le plus grand mal à obtenir d'elle une réponse directe à ma question. Elle parlait de façon vague de propos fielleux, de gens désœuvrés qui n'ont rien de mieux à faire que de jaser, ou des gens qui mettent des idées dans la tête des autres.

» — Cela me paraît clair, dis-je. De toute évidence, il court une histoire sur toi. Tu dois la connaître aussi bien que n'importe qui. Et tu vas me la dire.

» — Mais c'est si atroce! gémit Mabel.

» — Bien sûr que c'est atroce, fis-je avec brusquerie. Mais rien de ce que tu pourras me rapporter à propos de ce que les gens ont dans l'esprit ne peut m'étonner ni me surprendre. Alors, Mabel, me diras-tu enfin en langage clair ce qu'on raconte sur toi?

» Elle lâcha enfin le morceau.

» Aussi subite qu'inopinée, la mort de Geoffrey Denman avait donné naissance à diverses rumeurs. En fait, en langage clair comme je le lui avais demandé, on disait qu'elle avait empoisonné son époux.

» Comme vous le savez tous, j'en suis certaine, rien n'est plus cruel et plus difficile à combattre que les commérages. Il est impossible de réfuter ou de nier ce qu'on dit derrière votre dos, la rumeur enfle de plus en plus et personne ne peut l'arrêter. Je n'avais qu'une certitude : Mabel était tout à fait incapable d'empoisonner quelqu'un. Et je ne voyais pas pourquoi sa vie devait être gâchée, simplement parce que, selon toute probabilité, elle avait fait quelque chose d'idiot.

» — Il n'y a point de fumée sans feu, dis-je. Maintenant, Mabel, tu vas me dire ce qui a lancé les gens sur cette piste. Il s'est forcément passé quelque chose.

» Mabel répondit, de façon très incohérente, qu'il ne s'était rien passé, absolument rien, excepté, bien sûr, que la mort de Geoffrey avait été tout à fait soudaine. Ce jour-là, au dîner, il allait très bien, et la nuit, il avait été pris de violentes douleurs ! On avait appelé le docteur, mais le pauvre homme était mort quelques minutes après son arrivée. On avait mis son décès sur le compte de champignons vénéneux qu'il aurait ingérés.

» — Ma foi, dis-je, une mort soudaine de ce genre peut faire marcher bien des langues, mais pas sans quelque chose de plus à l'appui. Tu avais eu une dispute avec Geoffrey, ou quoi que ce soit d'autre ?

» Elle reconnut qu'elle s'était querellée avec lui la veille au petit déjeuner.

» — Et les domestiques vous ont entendus, je suppose ?

» — Elles n'étaient pas dans la pièce.

» — Non, ma chère petite, mais elles ne devaient pas être bien loin, derrière la porte.

» Je ne savais que trop jusqu'où pouvait porter la voix aiguë de Mabel, en pleine crise de nerfs. Geoffrey Denman aussi avait tendance à élever très fort la voix lorsqu'il s'emportait.

» — A propos de quoi vous êtes-vous disputés? demandai-je.

» — Oh ! comme d'habitude. On ressassait toujours les mêmes histoires. Cela commençait par quelque chose d'anodin, puis Geoffrey devenait impossible, me lançait des reproches abominables à la figure, et moi je lui disais ce que je pensais de lui.

» — Vous vous querelliez souvent, alors?

» — Ce n'était pas ma faute !

» — Ma chère enfant, peu importe à qui revient la faute. Ce n'est pas la question. Dans un endroit comme celui-ci, les affaires privées deviennent plus ou moins vite publiques. Ton mari et toi vous ne cessiez de vous quereller. Vous avez une querelle particulièrement violente un matin, la nuit suivante ton mari meurt, subitement et mystérieusement. C'est tout, est-ce tout, ou y a-t-il encore autre chose?

» — Je ne vois pas ce que vous voulez dire par « autre chose » fit Mabel, boudeuse.

» — Simplement ce que je dis, ma chère enfant ! Si tu as fait quelque chose d'idiot, pour l'amour du ciel, dis-le-moi ! Je ne songe qu'à t'aider de mon mieux.

» — Rien ni personne ne peut m'aider ! s'écria Mabel avec fureur. Sauf la mort !

» — Aie un peu plus confiance en la Providence, mon enfant. Cela dit, Mabel, je sais très bien qu'il y a quelque chose d'autre que tu ne veux pas me dire.

» Quand elle ne me disait pas toute la vérité, je le sentais toujours, même lorsqu'elle était enfant. Cela me prit du temps mais je finis par la lui soutirer. Ce matin-là, elle était allée à la pharmacie acheter de l'arsenic.

Bien entendu, elle avait dû signer le registre. Et naturellement, le pharmacien avait parlé.

» — Qui est ton médecin ? lui demandai-je.

» — Le Dr Rawlinson.

» Je le connaissais de vue, Mabel me l'ayant montré du doigt, quelques jours auparavant. A vous parler franchement, c'était ce que j'appellerais un vieux gâteux. J'ai bien trop d'expérience de la vie pour croire à l'infaillibilité des médecins. Il y en a qui sont intelligents, il y en a d'autres qui ne le sont pas, mais une fois sur deux les meilleurs d'entre eux ne comprennent pas ce que vous avez. Pour ma part, je me passe de leurs soins et de leurs remèdes.

» Après avoir bien réfléchi, je mis mon bonnet et allai rendre visite au Dr Rawlinson.

» Il correspondait exactement à l'idée que je m'en étais faite — un brave et aimable vieillard, légèrement dur d'oreille, affligé d'une vue si basse que c'en était pitoyable ; et, avec ça, ombrageux et susceptible au dernier degré. Je n'eus pas plus plus tôt mentionné la mort de Geoffrey Denman qu'il était lancé : il me cita toutes les espèces de champignons, comestibles ou non. Il avait interrogé la cuisinière et celle-ci avait admis qu'un ou deux des champignons qu'elle avait fait cuire étaient « un peu bizarres. » Mais comme ils venaient du même fournisseur que d'ordinaire, elle avait pensé qu'ils devaient être bons. Mais depuis, plus elle y songeait, plus elle était convaincue qu'ils avaient un aspect inhabituel.

» — Et elle y arrivera ! dis-je. On commence par être sûr qu'ils ressemblent tout à fait à des champignons, et on finit par les voir orange, avec des taches violettes. Il n'y a rien que ces gens-là n'arrivent pas à se rappeler.

» Denman n'était plus en état de parler quand le docteur est arrivé. Il ne pouvait rien avaler et, quelques minutes après, il était mort. Le docteur paraissait tout à fait satisfait du certificat qu'il avait donné. Par entêtement ou sincère conviction, difficile d'en juger.

» Je rentrai directement et demandai carrément à Mabel pourquoi elle avait acheté de l'arsenic.

» — Tu avais forcément une idée en tête ?

» Mabel éclata en sanglots.

» — Je voulais en finir, gémit-elle. J'étais si malheureuse ! Je voulais me suicider.

» — Tu as toujours cet arsenic ?

» — Non, je l'ai jeté.

» Je restais là, à réfléchir encore et encore.

» — Que s'est-il passé quand il s'est senti mal ? Est-ce qu'il t'a appelée ?

» — Non, me répondit-elle. Il a sonné très violemment. Il a dû sonner plusieurs fois. Finalement, la bonne l'a entendu, a réveillé la cuisinière, et elles sont descendues. Quand Dorothy l'a vu, elle a pris peur. Il délirait déjà. Elle a laissé la cuisinière auprès de lui, et elle a couru me chercher. Je me suis levée et je me suis rendue près de lui. J'ai vu tout de suite qu'il était au plus mal. Malheureusement, Brewster, celle qui s'occupe du vieux Mr Denman, s'était absentée pour la nuit, si bien que personne ne savait quoi faire. J'ai envoyé Dorothy chercher le médecin, et je suis restée à son chevet avec la cuisinière, mais au bout de quelques minutes je n'ai plus pu le supporter. C'était trop affreux. Je suis retournée en courant dans ma chambre et j'ai fermé la porte.

» — Très égoïste et pas très gentil de ta part. Tu peux être certaine que cela n'a rien fait pour t'aider. La cuisinière a dû raconter ça partout. Eh bien, nous voilà mal parties...

» J'allai ensuite interroger les domestiques. La cuisinière voulut me parler des champignons mais je l'arrêtai. Je n'en pouvais plus de ces champignons. Au lieu de quoi je les interrogeai soigneusement toutes les deux à propos de l'état dans lequel s'était trouvé leur maître cette nuit-là. Elles tombèrent d'accord pour dire qu'il avait l'air de souffrir atrocement, qu'il était incapable d'avaler et que les propos qu'il tenait n'avaient aucun sens.

» — Mais que disait-il ? demandai-je, intriguée.

» — Quelque chose au sujet de poisson, non ? répondit la cuisinière en se tournant vers l'autre.

» Dorothy confirma.

» Un tas de poissons, dit-elle, une idiotie de ce genre. J'ai vu tout de suite qu'il n'avait plus toute sa tête, le pauvre monsieur.

» Il n'y avait pas grand-chose à tirer de tout ça. En désespoir de cause, j'allai interroger Brewster, une femme décharnée d'une cinquantaine d'années.

» — Quel malheur que je me sois précisément absentée cette nuit-là ! Il semble que personne n'ait rien tenté pour lui jusqu'à l'arrivée du médecin.

» — Je suppose qu'il délirait, dis-je. Mais ce n'est pas un symptôme d'empoisonnement par la ptomaïne, non ?

» — Ça dépend, répondit Brewster.

» Je lui demandai des nouvelles de son patient.

» — Il va plutôt mal, dit-elle.

» — Affaibli ?

» — Oh non ! Physiquement, il est encore solide — mis à part la vue. Celle-ci baisse dangereusement. Mais il pourrait survivre à tout le monde, n'était la tête qui décline très rapidement. J'avais déjà prévenu Mr et Mrs Denman qu'il faudrait le mettre dans une maison de santé, mais Mrs Denman ne voulait pas en entendre parler.

» Je dois reconnaître que Mabel a toujours eu bon cœur.

» Voilà donc comment se présentait l'affaire. Je l'examinai sous tous ses aspects et, en fin de compte, décidai qu'il n'y avait qu'une chose à faire. Se fondant sur les bruits qui couraient, il fallait demander l'autorisation d'exhumer le corps et se livrer à un rigoureux examen post-mortem afin de faire cesser une fois pour toutes les rumeurs mensongères. Bien entendu, Mabel fit un tas d'histoires, principalement d'ordre sentimental — il ne fallait pas toucher le repos du mort dans sa tombe, etc. — mais je tins bon.

» Je ne m'étendrai pas sur ce point. L'autorisation fut accordée, on fit l'autopsie — ou Dieu sait comment on appelle ça — mais le résultat ne fut pas aussi satisfaisant qu'on pouvait l'espérer. On ne trouva pas trace d'arsenic — ce qui était déjà une bonne chose — mais le rapport disait en propres termes que *rien ne permettait d'indiquer avec certitude ce qui avait pu entraîner la mort du défunt.*

» Comme vous voyez, cela ne suffisait pas à nous tirer d'affaire. Les gens continuèrent à jaser à propos de poisons rares, impossibles à déceler, et autres sornettes de ce genre. J'avais vu le pathologiste qui avait procédé à l'examen post-mortem et je lui avais posé plusieurs questions. Il s'était arrangé pour éviter de répondre à la plupart d'entre elles, mais j'arrivai à lui faire dire qu'il considérait comme hautement improbable que la mort soit due à des champignons vénéneux. Une idée me trottait par la tête, et je lui demandai s'il existait un poison qui aurait pu donner ce résultat. Je ne compris pas grand-chose à sa longue explication, mais il en ressortait que la mort pouvait avoir été causée par un puissant alcaloïde végétal.

» Mon idée était la suivante : supposer que Geoffrey Denman ait eu aussi la folie dans le sang, ne pouvait-il pas s'être suicidé ? Il avait fait des études de médecine à un moment donné de sa vie et devait connaître les poisons et leurs effets.

» Ce n'était pas très vraisemblable, mais je ne voyais rien d'autre. J'étais à bout de ressources, je vous l'avoue. Cela va vous faire rire, vous, jeunes gens modernes, mais quand je suis plongée dans de graves ennuis, je m'adresse toujours une petite prière — n'importe où, dans la rue, au marché... Et j'obtiens toujours une réponse. Un rien quelquefois, apparemment sans rapport avec le sujet, mais une réponse. Au-dessus de mon lit, quand j'étais petite, j'avais épinglé le texte suivant : *Demandez et vous serez exaucé.* Ce matin-là, je descendis la grand-rue en priant très fort. Je fermai les yeux et quand je les rouvris, quelle fut la première chose que je vis ?

Cinq visages, intéressés à des degrés divers, étaient tournés vers miss Marple. On peut affirmer, sans risque de se tromper, que personne n'aurait pu répondre correctement à la question.

— Je vis, déclara miss Marple, *la vitrine d'un poisson-*

nier. Et dans cette vitrine, il n'y avait qu'une chose : *un Saint-Pierre.*

Elle regarda autour d'elle d'un air triomphant.

— Oh, mon Dieu ! s'exclama Raymond West. En réponse à une prière, un Saint-Pierre !

— Oui, Raymond, dit miss Marple sévèrement, cela n'a rien d'un sacrilège. Le doigt de Dieu est partout. La première chose que je vis, ce fut les taches noires, les marques du pouce de Saint-Pierre ! C'est une légende, vous savez. Et cela m'a éclairée. J'avais besoin de foi, de la vraie foi de St. Pierre. Et j'ai rapproché les deux choses : la foi et le poisson.

Sir Henry s'empressa de se moucher. Joyce se mordit la lèvre.

— A quoi cela me faisait-il penser ? Mais bien sûr, la cuisinière et la bonne avaient toutes les deux prétendu que le mourant avait parlé de poisson. J'étais convaincue maintenant, absolument convaincue qu'il fallait chercher dans ses propos la solution du mystère. Je rentrai décidée à aller au fond des choses.

» Avez-vous jamais remarqué, poursuivit miss Marple après un temps de réflexion, combien nous sommes conditionnés par ce qu'on appelle, je crois, le contexte ? Si vous parlez de temps, selon les circonstances, l'un pensera que vous parlez du temps qui passe, l'autre du temps qu'il fait, un troisième de tant, d'une quantité. Ainsi, quand nous rapportons une conversation, en règle générale nous ne rapportons pas les paroles exactes. Nous employons d'autres mots qui nous semblent signifier la même chose.

» J'interrogeai séparément la cuisinière et Dorothy. Je demandai à la cuisinière si elle était sûre que son maître avait bien parlé d'un tas de poissons. Elle me répondit qu'elle en était tout à fait sûre.

» — Ce sont ses paroles exactes ou a-t-il mentionné une espèce particulière de poisson ?

» — C'est ça, dit la cuisinière, c'était une espèce particulière de poisson mais je ne me rappelle pas laquelle. Un tas de — mais de quoi ? Pas de ces poissons qu'on met sur la table. Des perches ? Des plies ? Non, cela ne commençait pas par un P.

» Dorothy se souvint aussi que son maître avait mentionné un poisson précis : un poisson plutôt exotique. Une pile de... De quoi, déjà ?

» — A-t-il dit une pile ou un tas ?

» — Une pile, je crois. Mais je n'en suis pas sûre. C'est si difficile de se rappeler les mots exacts, mademoiselle, surtout quand ils n'ont aucun sens. Pourtant, plus j'y pense, plus je jurerais qu'il a dit une pile, et que le poisson commençait par un C. Mais ce n'était ni carrelet ni colin.

» La suite c'est ce dont je suis le plus fière, dit miss Marple, parce que, bien sûr, j'ignore tout des médicaments — ces choses que je considère comme nuisibles et dangereuses. Je tiens de ma grand-mère une tisane vermifuge qui vaut largement tous les médicaments vendus dans le commerce. Mais je savais qu'il se trouvait dans la maison divers ouvrages de médecine, dont l'un renfermait un index des principaux remèdes. Voyez-vous, j'avais dans l'idée que Geoffrey avait dû avaler un certain poison et qu'il avait essayé de dire lequel.

» Je commençai par la lettre C, mais rien ne paraissait convenir. Je passai alors à la lettre P, et presque immédiatement je tombai sur... sur quoi, à votre avis ?

Elle regarda autour d'elle, retardant l'heure de son triomphe.

— Pilocarpine ! Figurez-vous un homme qui peut à peine parler, essayant de s'arracher ce mot ! Comment sonnerait-il aux oreilles d'une cuisinière qui ne l'a jamais entendu ? Est-ce que cela ne ressemblerait pas à une « pile de carpes ? »

— Grands dieux ! s'écria sir Henry.

— Je n'aurais jamais pensé à ça, dit le révérend Pender.

— Très intéressant ! Vraiment très intéressant, reconnut Mr Petherick.

— Je consultai aussitôt la page indiquée dans l'index. Je lus l'article consacré à la pilocarpine et à ses effets sur les yeux, et bien d'autres choses qui n'avaient aucun rapport avec l'affaire, quand je tombai enfin sur une phrase décisive : *A été employée avec succès comme antidote dans les cas d'empoisonnement par atropine.*

» Je ne saurais vous dépeindre comment j'ai entrevu la lumière. Je n'avais jamais vraiment cru que Geoffrey s'était suicidé. Non, ma nouvelle solution n'était pas seulement possible, j'étais convaincue que c'était la bonne parce que toutes les pièces s'emboîtaient logiquement.

— Je ne tenterai même pas de deviner, déclara Raymond West. Allez-y, tante Jane, racontez-nous ce qui vous a paru si clair.

— J'ignore tout de la médecine, reprit miss Marple mais je sais que lorsque j'ai eu des problèmes avec mes yeux, mon médecin m'a ordonné des gouttes de sulfate d'atropine. Je montai aussitôt voir le vieux Mr Denman dans sa chambre. Je ne tournai pas autour du pot.

» — Mr Denman, je sais tout, lui dis-je. Pourquoi avez-vous empoisonné votre fils ?

» Il me regarda un instant — c'était un beau vieillard dans son genre — puis il éclata de rire. Du rire le plus malfaisant que j'aie jamais entendu. Je vous assure, j'en ai eu la chair de poule. Je n'avais entendu ça qu'une fois dans ma vie, quand la pauvre Mrs Jones avait perdu la tête.

» — Oui, je me suis vengé de Geoffrey. J'ai été plus malin que lui. Il voulait se débarrasser de moi, non ! M'enfermer dans un asile... Je les avais entendus en parler. Mabel, qui est une bonne fille, elle me défendait, mais je savais qu'elle était incapable de tenir tête à Geoffrey. Il finirait par l'emporter, comme toujours. Mais je lui ai réglé son compte, à ce gentil fils aimant ! Ha ! Ha ! Je suis descendu la nuit, en catimini. Cela a été très facile. Brewster était sortie. Mon cher fils dormait. Il y avait un verre d'eau près de son lit. Il le buvait toujours quand il se réveillait au milieu de la nuit. J'en ai vidé une partie — Ha ! Ha ! — et j'ai versé dedans tout mon flacon de gouttes pour les yeux. Il se réveillerait et l'avalerait, avant même de pouvoir se rendre compte de ce que c'était. Il n'y en avait qu'une cuillère à dessert mais c'était suffisant, tout à fait suffisant. Et c'est ce qu'il a fait. Au matin, on est venu m'annoncer ça avec ménagement. Ils avaient peur de me bouleverser. Ha ! Ha ! Ha ! Ha ! Ha !

— Et voilà, dit miss Marple. L'histoire est finie. Bien entendu, le pauvre vieux monsieur fut interné. Il n'était pas réellement responsable de ce qu'il avait fait. En apprenant la vérité, tout le monde fut désolé pour Mabel et chacun fit de son mieux pour lui faire oublier leurs injustes soupçons. Mais si Geoffrey n'avait pas compris ce qu'il venait d'avaler et essayé d'obtenir l'antidote d'urgence, on aurait pu ne jamais savoir. Je crois que l'atropine provoque des symptômes bien précis : dilatation des pupilles, etc. Malheureusement, comme je vous l'ai dit, le Dr Rawlinson avait la vue fort basse, le pauvre vieux. D'après l'ouvrage de médecine que j'ai lu — et où j'ai trouvé des choses très intéressantes — les symptômes de l'empoisonnement par la ptomaïne et par l'atropine sont assez semblables. Mais je vous assure que depuis, je ne peux pas voir une pile de carpes sans songer à l'empreinte de Saint-Pierre.

Il y eut un long silence.

— Ma chère amie ! déclara enfin Mr Petherick. Ma très chère amie, vous êtes stupéfiante !

— Je vais engager Scotland Yard à recourir à vos services, affirma sir Henry.

— Eh bien, en tout cas, tante Jane, il y a au moins une chose que vous ne savez pas.

— Oh ! mais si, mon cher Raymond, déclara miss Marple. Cela s'est passé juste avant le dîner, n'est-ce pas ? Quand tu as emmené Joyce admirer le coucher du soleil. C'est un endroit privilégié là-bas. Près de la haie de jasmin. C'est là que le laitier a demandé à Annie s'il pouvait faire publier les bans.

— Allons, tante Jane, ne gâchez pas mon histoire. Joyce et moi nous n'avons rien de commun avec le laitier.

— C'est là où tu te trompes, mon cher Raymond, déclara miss Marple. Nous avons tous quelque chose de commun. Mais, par bonheur peut-être, nous n'en avons pas conscience.

7

LE GERANIUM BLEU

(The Blue Geranium)

— Lorsque je séjournais ici l'an dernier..., commença sir Henry Clithering, et il s'arrêta.

Son hôtesse, Mrs Bantry, le fixa d'un œil intrigué.

L'ex-superintendant de Scotland Yard résidait chez de vieux amis à lui, le colonel Bantry et son épouse, lesquels vivaient non loin de St Mary Mead.

Mrs Bantry, plume en main, venait de lui demander qui, à son avis, elle devrait inviter pour faire le sixième, ce soir.

— Oui ? dit Mrs Bantry, sur un ton encourageant. Quand vous étiez ici l'année dernière... ?

— Dites-moi, reprit sir Henry, connaissez-vous une certaine miss Marple ?

Mrs Bantry fut très étonnée. Elle s'attendait à tout sauf à ça.

— Miss Marple ? Qui ne la connaît pas ? La vieille fille typique qu'on trouve dans les romans. Adorable, mais désespérément vieux jeu ! Voulez-vous dire que vous voudriez que je l'invite, *elle*, à dîner ?

— Cela vous surprend ?

— Un peu, je l'avoue. Du diable si j'aurais cru que

vous... Mais vous avez sans doute une bonne raison pour ça?

— Une raison très simple. Lorsque je séjournais ici, l'an dernier, nous avions pris l'habitude de discuter de mystères non éclaircis. Nous étions cinq ou six. C'était Joyce Lemprière qui avait lancé cette idée. Chacun à son tour racontait une histoire dont il était seul à connaître la réponse. Il s'agissait d'exercer nos capacités de déduction — et de voir qui approcherait de plus près la vérité.

— Eh bien?

— Nous n'avions même pas pensé que miss Marple pourrait vouloir participer à ce jeu. Néanmoins, nous nous montrâmes très polis, nous ne voulions pas la froisser. Et maintenant, vient le sel de l'histoire: la vieille demoiselle nous a battus à chaque fois!

— Comment?

— Je vous assure — elle allait droit sur la vérité, comme le pigeon rentre au nid.

— C'est extraordinaire! Cette chère vieille miss Marple qui n'est quasiment jamais sortie de St Mary Mead!

— Oui, mais à l'en croire, on y trouve d'innombrables occasions d'observer la nature humaine... au microscope, en quelque sorte.

— C'est bien possible, concéda Mrs Bantry. On apprend à connaître la mesquinerie des gens. Mais, je ne crois pas qu'il y ait parmi nous des criminels bien excitants. Enfin, après dîner, nous pourrions essayer sur elle l'histoire d'Arthur et de ses fantômes. Je lui serais très reconnaissante si elle lui trouvait une solution.

— Je ne savais pas qu'Arthur croyait aux fantômes.

— Oh, mais il n'y croit pas ! C'est pourquoi cette histoire le tracasse. C'est arrivé à un de ses amis, George Pritchard, un personnage tout à fait prosaïque. C'est vraiment tragique pour ce pauvre George. Ou cette histoire est vraie, ou alors...

— Ou alors quoi ?

Mrs Bantry ne répondit pas. Un instant plus tard elle reprit, hors de propos :

— J'aime beaucoup George, vous savez. Tout le monde l'aime. On a du mal à croire... Mais, les gens font parfois des choses si extraordinaires !

Sir Henry hocha la tête. Il savait encore mieux que Mrs Bantry, de quelles choses extraordinaires les gens étaient capables.

C'est ainsi que le soir même, Mrs Bantry, regardant les invités assis à table autour d'elle (en frissonnant un peu car la salle à manger comme la plupart des salles à manger anglaises, était glaciale), posa les yeux sur la vieille demoiselle assise très droite à côté de son mari. Miss Marple portait des mitaines de dentelle noire, un vieux fichu de dentelle sur les épaules et un autre morceau de dentelle sur ses cheveux blancs. Très animée, elle parlait avec le vieux Dr Lloyd de l'hospice et des défauts supposés des infirmières de la région.

Mrs Bantry fut de nouveau frappée d'étonnement. Elle se demanda même si sir Henry n'avait pas voulu lui faire une farce. Mais pour quelle raison ? Si ce qu'il avait dit était vrai, c'était incroyable !

Elle jeta un regard affectueux sur le visage rougeaud et les larges épaules de son mari, qui parlait chevaux à

Jane Helier, la belle et célèbre actrice. Plus belle encore — si c'était possible — que sur les planches, Jane ouvrait d'immenses yeux bleus, en soufflant de temps à autre: « Vraiment ? », « Pas possible ! », « Incroyable ! ». Elle ne connaissait rien aux chevaux et s'en souciait comme d'une guigne.

— Arthur ! intervint Mrs Bantry, vous ennuyez à mort cette pauvre Jane. Laissez tomber vos chevaux, et racontez-lui plutôt votre histoire de fantômes. Vous savez... George Pritchard.

— Oh ! Dolly ? Je ne sais pas si...

— Sir Henry aussi désire l'entendre. Je lui en ai touché deux mots ce matin. Il serait intéressant de savoir ce que chacun en pense.

— Oh, oui ! dit Jane. J'adore les histoires de fantômes.

— Ma foi, commença le colonel Bantry, hésitant. Je n'ai jamais cru au surnaturel. Mais là...

» Aucun de vous ne connaît sans doute George Pritchard. C'est un type formidable. Sa femme... ma foi elle est morte à présent, la malheureuse. Je dirai seulement que de son vivant, elle n'a pas facilité l'existence de George. Elle faisait partie de ces demi-invalides... j'imagine qu'elle avait vraiment quelque chose qui n'allait pas, mais elle en jouait à plaisir. Capricieuse, exigeante, déraisonnable, elle se plaignait du matin au soir. George devait obéir au doigt et à l'œil, mais ce qu'il faisait n'était jamais bien et il ne récoltait que des injures. N'importe qui, à sa place, lui aurait fendu le crâne depuis longtemps à coups de hache. N'est-ce pas, Dolly ?

— C'était une femme terrifiante, confirma

Mrs Bantry. Si George Pritchard l'avait tuée à coups de hache, il aurait été triomphalement acquitté... à supposer qu'il n'y ait pas de femmes dans le jury.

— Je nc sais pas très bien comment cette histoire a commencé. George est resté plutôt vague à ce sujet. J'imagine que Mrs Pritchard avait toujours eu un faible pour les voyantes, les diseuses de bonne aventure et autres extra-lucides. George n'y voyait pas d'inconvénient. Si elle y trouvait du plaisir, c'était bel et bon. Mais il refusait de partager son enthousiasme, ce qui était pour elle un grief supplémentaire.

» Comme au bout de quelques semaines leurs services ne satisfaisaient plus Mrs Pritchard, c'était chez eux un perpétuel défilé d'infirmières. Pendant un temps, Mrs Pritchard s'était entichée de l'une d'elles, une passionnée de spiritisme. Puis, soudain, elle s'était fâchée contre elle et l'avait renvoyée. Elle en avait choisi une autre, plus âgée, plus expérimentée, et qui savait manier avec tact les patients névrosés. D'après George, cette miss Copling opposait une totale indifférence aux fureurs et aux crises de nerfs de Mrs Pritchard.

» Mrs Pritchard déjeunait toujours dans sa chambre, tandis que George et l'infirmière mettaient au point le programme de l'après-midi. En principe, l'infirmière sortait de 2 à 4. Mais, par obligeance, elle prenait parfois ses heures après le thé, si George désirait disposer de son après-midi. Un beau jour, elle annonça qu'elle allait voir sa sœur à Golders Green et, qu'en conséquence elle rentrerait peut-être un peu tard. George ne put masquer sa déconvenue : il comptait faire une partie de golf. Mais miss Copling le rassura aussitôt.

» — Nous ne manquerons ni l'un ni l'autre à Mrs Pritchard, dit-elle, une lueur dans l'œil. Mrs Pritchard attend de la compagnie plus divertissante que la nôtre.

» — Qui ça ?

» — Un instant, fit miss Copling, l'œil encore plus brillant. Il ne faut pas que je me trompe. *Zarida, médium, lit dans l'avenir*.

» — Seigneur ! grommela George. C'en est une nouvelle, n'est-ce pas ?

» — Toute nouvelle. Envoyée, je crois, par celle qui m'a précédée, miss Carstairs. Mrs Pritchard ne l'a pas encore vue. Elle m'avait demandé de lui écrire et de lui donner rendez-vous pour cet après-midi.

» — Enfin, j'aurai au moins ma partie de golf, dit George, qui partit, plein de sentiments les plus amicaux pour Zarida, Lectrice du Futur.

» En rentrant, il trouva Mrs Pritchard dans un état d'agitation extrême. Elle était comme toujours sur son lit d'invalide, un flacon de sels à la main qu'elle respirait à intervalles réguliers.

» — George ! s'exclama-t-elle. Qu'est-ce que je vous disais à propos de cette maison ? Dès l'instant où j'y ai mis les pieds, j'ai *senti* que quelque chose n'allait pas. Je ne vous l'ai pas dit, à l'époque ?

» Refoulant une envie de lui répliquer : « Comme toujours », George murmura :

» — Non, je ne peux pas dire que je m'en souvienne...

» — Vous ne vous souvenez jamais de rien de ce qui

me concerne. Les hommes sont extraordinairement insensibles, mais vous êtes encore plus insensible que les autres.

» — Allons, Mary, ma chérie, vous êtes injuste !

» — Eh bien, comme je vous le disais, cette femme l'a *su* aussitôt. En passant la porte, elle... elle a littéralement blêmi, si vous voyez ce que je veux dire, et elle a déclaré : « Le mal rôde ici... le mal et le danger. Je le sens. »

» George commit l'imprudence de rire.

» — Ma foi, vous en aurez eu pour votre argent, cet après-midi !

» Sa femme ferma les yeux et inhala longuement ses sels.

» — Comme vous me haïssez ! Si j'étais en train de mourir, vous ririez et vous vous moqueriez encore de moi !

» George protesta et au bout d'un moment elle poursuivit :

» — Vous pouvez rire, mais je vous dirai tout. Cette maison est dangereuse pour moi. C'est ce que cette femme pense.

» Les sentiments amicaux que George éprouvait jusque-là pour Zarida changèrent du tout au tout. Sa femme était parfaitement capable de vouloir déménager à tout prix, si le caprice l'en prenait.

» — Que vous a-t-elle dit d'autre ?

» — Pas grand-chose. Elle était trop bouleversée... Si, une chose encore. J'avais des violettes dans un verre. Elle les a montrées du doigt en criant : « Enlevez-les ! Pas de fleurs bleues — jamais de fleurs bleues. Les fleurs bleues vous sont fatales... Ne l'oubliez pas ! »

» — Et vous savez, ajouta Mrs Pritchard, je vous l'ai assez dit, que j'ai toujours eu le bleu en horreur. Il me donne une espèce de sentiment instinctif de danger.

» George était trop avisé pour lui faire remarquer qu'il ne l'avait jamais entendue dire quoi que ce soit de pareil jusque-là. A la place, il lui demanda à quoi ressemblait la mystérieuse Zarida. Mrs Pritchard se mit à en faire le portrait avec délectation.

» — Des cheveux noirs avec des macarons sur les oreilles... des yeux mi-clos avec de grands cernes autour, la bouche et le menton dissimulés par un voile noir... Une voix chantante, avec un fort accent étranger... espagnol, me semble-t-il...

» — Tout le tremblement, quoi ! commenta George, joyeusement.

» Aussitôt, sa femme referma les yeux.

» — Je me sens très mal, fit-elle. Sonnez l'infirmière. Comme vous ne le savez que trop, la méchanceté me bouleverse.

» Deux jours après, miss Copling, soucieuse, vint trouver George.

» — Voulez-vous venir voir Mrs Pritchard, je vous prie ? Elle vient de recevoir une lettre qui l'a beaucoup agitée.

» Il trouva sa femme, la lettre à la main. Elle la lui tendit :

» — Lisez ! dit-elle.

» La lettre était rédigée d'une large écriture, à l'encre noire, sur un papier violemment parfumé.

» — *J'ai percé l'Avenir. Soyez avertie, avant qu'il ne soit trop tard. Prenez garde à la Pleine Lune. La primevère bleue signifie Attention, la rose trémière bleue, signifie Danger, le géranium bleu, la Mort...*

» George allait pouffer de rire, quand il croisa le regard de miss Copling. Elle lui adressa un petit signe de prudence.

» — Cette femme essaie probablement de vous effrayer, Mary, déclara-t-il assez gauchement. D'ailleurs, il n'existe ni primevère bleue ni géranium bleu.

» Mais Mrs Pritchard se mit à pleurer, en disant que ses jours étaient comptés. L'infirmière quitta la pièce avec George.

» — Quel tissu d'absurdités ! s'exclama-t-il.

» — Peut-être bien.

» Frappé par le ton de l'infirmière, il la regarda avec étonnement.

» — Vous ne croyez tout de même pas...

» — Non, non, Mr Pritchard. Je ne crois pas à ceux qui lisent dans l'avenir — c'est absurde. Mais ce qui m'intrigue c'est le sens de tout ça. D'ordinaire, les diseuses de bonne aventure cherchent à obtenir quelque chose. Mais cette personne semble vouloir effrayer Mrs Pritchard sans aucun avantage pour elle-même. Je n'en vois pas la raison. Et puis il y a autre chose...

» — Oui ?

» — Mrs Pritchard dit que cette Zarida lui a paru familière.

» — Eh bien ?

» — Eh bien, je n'aime pas ça, Mr Pritchard.

» — Je ne vous savais pas superstitieuse, miss Copling.

» — Je ne suis pas superstitieuse, je sais voir s'il y a du louche.

» Quatre jours après, survint le premier incident. Mais pour vous l'expliquer je dois d'abord vous décrire la chambre de Mrs Pritchard.

— Laissez-moi faire ça, intervint Mrs Bantry. Elle était tapissée d'un de ces nouveaux papiers peints imprimés de massifs de fleurs qui forment une espèce de bordure de plantes herbacées. Cela donne l'impression d'être dans un jardin — bien que les fleurs soient évidemment toutes fausses. Je veux dire qu'elles ne peuvent pas fleurir toutes au même moment...

— Ne vous laissez pas emporter par votre amour pour l'horticulture, Dolly. Nous savons tous que vous êtes une jardinière passionnée.

— Mais c'est absurde de mettre ensemble des jacinthes, des jonquilles, des lupins, des roses trémières et des pâquerettes.

— Bien peu scientifique, convint sir Henry. Mais revenons à notre histoire.

— Eh bien, parmi ces fleurs il y avait des primevères, des massifs de primevères roses et jaunes et... oh, Arthur, allez-y, c'est votre histoire...

Le colonel Bantry poursuivit son récit.

— Un matin, Mrs Pritchard se mit à sonner violemment. Toute la maisonnée arriva en courant, pensant qu'elle était au plus mal. Il n'en était rien. Surexcitée, elle pointait le doigt sur le papier peint. Sans aucun doute, on voyait là, *une primevère bleue* au milieu des autres.

— Oh ! s'écria miss Helier. C'est terrifiant !

— La question était la suivante : cette primevère bleue avait-elle toujours été là ? C'était ce que suggéraient George et l'infirmière. Mais Mrs Pritchard ne voulait rien entendre. Elle ne l'avait jamais remarquée jusqu'à ce matin-là, et elle venait après une nuit de pleine lune. Elle en était bouleversée.

— Le jour même, je croisai George Pritchard, qui me raconta l'histoire, précisa Mrs Bantry. J'allai voir Mrs Pritchard et fit de mon mieux pour tourner la chose en ridicule, mais sans succès. Je rentrais, réellement inquiète, quand je rencontrai Joan Instow, à qui je confiai toute l'affaire. Joan est une drôle de fille. « Elle est vraiment si bouleversée que ça ? » me demanda-t-elle. Je lui répondis qu'elle était à ce point superstitieuse qu'elle était capable de mourir de frayeur.

» Je me rappelle que Joan me stupéfia par ce qu'elle me dit ensuite. Elle me dit : « Ma foi, c'est ce qui pourrait lui arriver de mieux, non ? », d'une voix si posée, si froide que j'en fus... eh bien, oui, choquée. Bien sûr, je sais que cela se fait aujourd'hui : on s'exprime avec franchise et brutalité ; mais je ne m'y ferai jamais. « Cela ne vous plaît pas de m'entendre parler ainsi, poursuivit Joan avec un curieux sourire, mais c'est la vérité. A quoi lui sert sa vie ? A rien. Et pour George Pritchard c'est l'enfer. Que sa femme meure de peur, c'est ce qui pourrait lui arriver de mieux ». « George a toujours été très bon pour elle », lui fis-je remarquer. Et elle me répondit : « Oui, il mérite une récompense, le pauvre cher homme. Il est très séduisant, George Pritchard. C'était l'avis de la précédente infirmière, la jolie... Comment s'appelait-elle, déjà ? Miss Carstairs. C'est ce qui a causé la brouille entre elle et Mrs P. »

» Cela ne me plut pas d'entendre Joan dire ça. Bien sûr, on s'était bien demandé...

Arrivée là, Mrs Bantry marqua une pause significative.

— Oui, ma chère, remarqua d'une voix placide miss Marple. C'est toujours le cas. Est-ce que miss Instow est jolie ? J'imagine qu'elle joue au golf ?

— Oui ! Elle est très sportive. Jolie, séduisante avec un teint superbe, des cheveux blonds et de beaux yeux bleus au regard serein. D'ailleurs, nous avons toujours pensé qu'elle et George Pritchard — si les circonstances avaient été différentes, bien entendu — étaient faits l'un pour l'autre.

— Et ils étaient amis ? demanda miss Marple.

— Oh oui ! Grands amis.

— Voudriez-vous, Dolly, me laisser poursuivre ? fit plaintivement le colonel.

— Arthur brûle d'en revenir à ses chers fantômes, fit Mrs Bantry, résignée.

— Je tiens la suite de l'histoire de George lui-même, reprit le colonel. Bien entendu, Mrs Pritchard ne vit pas arriver sans terreur la fin du mois. Elle avait coché sur son calendrier le jour de la nouvelle lune et, ce soir-là, elle avait fait venir dans sa chambre l'infirmière, puis George, pour qu'ils examinent attentivement le papier peint. On y voyait des roses trémières roses, d'autres rouges, mais aucune n'était bleue. Et lorsque George quitta sa chambre, Mrs Pritchard s'enferma à double tour.

— Et au matin, il y en avait une grande bleue ! s'exclama gaiement miss Helier.

— Tout juste ! dit le colonel. Ou presque. L'une des roses trémières juste au-dessus de sa tête, avait viré au bleu. George en fut stupéfait. Mais bien sûr, plus il était stupéfait, plus il refusait de prendre la chose au sérieux. Il prétendait que tout cela n'était qu'une plaisanterie. Il ne tenait pas compte du fait que la porte était fermée à clef et que Mrs Pritchard avait découvert la transformation avant que quiconque — même miss Copling — soit entré.

» George était stupéfait et cela lui fit perdre son bon sens. Sa femme voulait quitter la maison, il s'y refusa. Pour la première fois de son existence, il était à deux doigts de croire au surnaturel, mais il n'était pas près d'en convenir. Il cédait toujours devant sa femme, mais cette fois il tint bon. Toute l'histoire lui paraissait un tissu d'absurdités.

» Un mois s'écoula. Mrs Pritchard protesta moins qu'on n'aurait pu l'imaginer. Je pense qu'elle était assez superstitieuse pour croire échapper à sa destinée. La primevère bleue : attention ; la rose trémière bleue : danger ; le géranium bleu : la mort, répétait-elle inlassablement. Et elle ne quittait plus des yeux le bouquet de géraniums roses qui était le plus près de son lit.

» Cette histoire éprouvait les nerfs de tous. Même l'infirmière fut contaminée. Deux jours avant la pleine lune, elle vint implorer George d'emmener Mrs Pritchard loin de la maison. George se fâcha.

» — Même si toutes les fleurs de ce fichu mur se

transformaient en diables bleus, personne n'en mourrait pour autant ! cria-t-il.

» — Détrompez-vous ! On a déjà vu des gens qu'un choc a tués.

» — Ridicule ! dit George.

» George a toujours eu une tête de cochon. On ne peut pas le faire changer d'idée. Je le soupçonne d'avoir été intimement persuadé que sa femme opérait ces changements elle-même, que cela correspondait de sa part à un plan maladif et hystérique.

» La nuit fatidique arriva enfin. Comme l'autre fois, Mrs Pritchard verrouilla sa porte. Elle était très calme, presque dans un état second. Inquiète, l'infirmière lui proposa un stimulant, une piqûre de strychnine, mais Mrs Pritchard refusa. En un sens, je crois qu'elle prenait plaisir à l'affaire. C'était l'avis de George, du moins.

— C'est bien possible, dit Mrs Bantry. Tout cela devait avoir quelque chose de fascinant.

— Le lendemain matin, il n'y eut pas de violent coup de sonnette. Mrs Pritchard avait coutume de se réveiller vers 8 heures. Comme elle ne s'était toujours pas manifestée à 8 heures et demie, l'infirmière alla frapper à sa porte. N'obtenant pas de réponse, elle alla chercher George. Elle insista pour qu'il force la porte. Ce qui fut fait, à l'aide d'un ciseau à froid.

» Un simple coup d'œil sur le corps immobile sur le lit suffit à miss Copling. Elle envoya George téléphoner au docteur, mais il était trop tard. D'après lui, Mrs Pritchard était morte depuis 8 heures au moins. Son flacon de sels reposait sur le lit, à côté de sa main, et, *sur le mur, près d'elle, l'un des géraniums roses avait viré au bleu.*

— Atroce, fit miss Helier en frissonnant.

— Pas d'autres détails? demanda sir Henry, les sourcils froncés.

Le colonel Bantry secoua la tête mais ajouta vivement :

— Le gaz !

— Comment ça, le gaz? demanda sir Henry.

— En arrivant, le médecin avait décelé une légère odeur de gaz, et il trouva effectivement le radiateur à gaz, devant la cheminée, légèrement ouvert, mais si légèrement que cela ne pouvait pas avoir eu de conséquence.

— Mr Pritchard et l'infirmière n'avaient rien senti en pénétrant dans la pièce?

— L'infirmière avait remarqué une vague odeur. George dit qu'il n'avait pas senti le gaz, mais qu'il avait eu une impression de malaise. Il avait mis cela sur le compte du choc — ce qui était probablement le cas. Quoi qu'il en soit, il n'a pas été question d'empoisonnement par le gaz. L'odeur était à peine perceptible.

— Et c'est la fin de l'histoire?

— Non. Dans un sens ou dans l'autre, on a commencé à jaser. Voyez-vous, les domestiques avaient entendu des choses... par exemple ils avaient entendu Mrs Pitchard dire à son mari qu'il la détestait et qu'il rirait s'il la voyait mourir. Et des propos plus récents. Ainsi, comme il refusait de déménager, elle lui avait dit un jour : « Parfait ! j'espère qu'une fois que je serai morte, chacun comprendra que vous m'avez tuée. » Et par malchance, la veille de sa mort, on l'avait aperçu en train de préparer un herbicide pour les allées du jardin. Le domestique qui l'avait remarqué, l'avait vu ensuite apporter un verre de lait chaud à sa femme.

» Les bavardages se propagèrent et s'amplifièrent. Le médecin avait délivré un certificat — je n'en connais pas exactement la teneur : choc, syncope, arrêt du cœur, probablement un terme médical qui ne signifiait pas grand-chose. Quoi qu'il en soit, la pauvre femme n'était pas depuis un mois dans sa tombe qu'on demandait et obtenait son exhumation.

— Et si je m'en souviens bien, l'autopsie ne donna aucun résultat, intervint gravement sir Henry. Bref, de la fumée sans feu, pour une fois.

— Toute cette affaire est vraiment très étrange, dit Mrs Bantry. Cette diseuse de bonne aventure, par exemple, la fameuse Zarida... A l'adresse qu'elle avait donnée, personne ne la connaissait.

— Elle est tombée du ciel un jour, dit son mari, et ensuite s'est proprement évanouie. Du ciel bleu, bien entendu, ajouta-t-il.

— Le comble, reprit son épouse, c'est que miss Carstairs, qui était censée l'avoir recommandée, n'en avait jamais entendu parler !

Tout le monde se regarda.

— C'est une histoire bien mystérieuse, remarqua le Dr Lloyd. On peut faire des suppositions, mais quant à deviner...

Il secoua la tête.

— Mr Pritchard a-t-il épousé miss Instow ? demanda alors miss Marple de sa voix douce.

— Pourquoi cette question ? dit sir Henry, étonné.

Miss Marple ouvrit ses gentils yeux bleus.

— Mais parce que cela me semble important. Se sont-ils mariés ?

Le colonel Bantry secoua la tête.

— Nous... eh bien nous nous attendions à quelque chose de ce genre, mais cela fait dix-huit mois maintenant... Je crois qu'ils ne se voient même plus.

— C'est important, dit miss Marple, très important.

— Vous pensez donc comme moi ! s'écria Mrs Bantry. Vous pensez que...

— Allons, Dolly ! fit son mari. Ce que vous allez dire est injustifiable. Vous ne pouvez pas accuser les gens sans l'ombre d'une preuve.

— Ne soyez pas si... masculin, Arthur ! Les hommes hésitent toujours à dire *quoi que ce soit*. De toute façon, tout cela reste entre nous. Il m'est venu l'idée extravagante que peut-être, je dis bien peut-être, Joan Instow se serait déguisée en diseuse de bonne aventure ? Pour plaisanter et sans mauvaise intention, entendez-moi bien. Mais supposons qu'elle l'a fait, et que Mrs Pritchard a été assez stupide pour mourir de frayeur... N'est-ce pas ce à quoi pensait miss Marple ?

— Non, ma chère, pas exactement, répondit miss Marple. Voyez-vous, si je voulais tuer quelqu'un — ce qui, bien entendu, ne me viendrait pas une seconde à l'esprit parce que c'est très mal et que, par ailleurs, je répugne à tuer même les guêpes, et pourtant je sais bien qu'il faut le faire et je suis sûre que le jardinier le fait de la façon la plus humaine possible... Voyons, où en étais-je ?

— Si vous vouliez tuer quelqu'un... lui souffla sir Henry.

— Ah oui ! Eh bien, en ce cas, je ne compterais pas sur la seule frayeur. Je sais bien qu'on nous raconte souvent que des gens en sont morts, mais c'est un moyen très aléatoire, et les gens les plus nerveux sont infiniment plus courageux qu'on pourrait le croire. Je préférerais quelque chose de sûr et certain, reposant sur un plan soigneusement conçu.

— Miss Marple, vous me faites peur ! s'exclama sir Henry. J'espère que vous n'aurez jamais envie de vous débarrasser de moi. Vos plans risqueraient d'être trop parfaits.

Miss Marple lui jeta un regard de reproche.

— Je croyais avoir fait comprendre que je ne songerai jamais à commettre pareille vilenie. Non, je tentais simplement de me mettre à la place de... euh... d'une certaine personne.

— Voulez-vous dire George Pritchard ? demanda le colonel Bantry. Je ne croirai jamais ça de George... bien que même l'infirmière en soit convaincue. Je l'ai vue un mois plus tard, au moment de l'exhumation. Elle ignorait comment la chose avait pu se faire — et se refusait d'ailleurs à en parler — mais elle tenait George pour responsable en quelque sorte de la mort de sa femme. Elle en était certaine.

— Ma foi, risqua le Dr Lloyd, peut-être n'avait-elle pas tout à fait tort. Les infirmières *savent* la plupart du temps. Elle ne peut pas le dire — elle n'a pas de preuves — mais elle *sait*.

Sir Henry se pencha en avant.

— Allons, miss Marple, dit-il. Vous voilà perdue

dans vos pensées. Ne voulez-vous pas nous les confier ?

Miss Marple sursauta et rosit légèrement.

— Veuillez m'cxcuser. Je songeais à notre infirmière régionale... Un problème bien difficile.

— Plus difficile que celui du géranium bleu ?

— En fait, tout dépend des primevères. Mrs Bantry nous a dit qu'elles étaient jaunes et roses. Si c'en était une rose, qui a viré au bleu, tout colle parfaitement. Mais si c'en était une jaune...

— C'était une rose, précisa Mrs Bantry.

Elle avait les yeux fixés sur miss Marple. Comme tous les autres.

— Alors, tout semble concorder, annonça miss Marple en secouant la tête d'un air navré. Et la saison des guêpes, et tout le reste. Et aussi le gaz, bien entendu.

— Cela vous rappelle, j'imagine, d'innombrables tragédies villageoises ?

— Pas des tragédies, répondit miss Marple, et certainement rien de criminel. Mais cela me fait un peu penser aux ennuis que nous avons avec notre infirmière régionale. Après tout, les infirmières sont des êtres humains, et obligées comme elles sont de se conduire avec une correction exemplaire, de porter des cols inconfortables, étant précipitées dans les familles... ma foi, trouvez-vous étonnant qu'il arrive parfois des choses ?

Sir Henry entrevit une lueur.

— Vous voulez parler de miss Carstairs ?

— Oh, non ! Pas de miss Carstairs. De miss *Copling*. Voyez-vous, elle s'était déjà trouvée là auparavant, et en rapport avec Mr Pritchard dont vous dites qu'il est très séduisant. Elle a dû penser, la pauvre petite... bon, inutile de remuer tout ça. Je pense qu'elle ignorait l'existence de miss Instow et bien sûr, quand elle l'a découverte, elle s'est retournée contre lui et a essayé de lui faire tout le mal possible. Bien entendu, c'est surtout la lettre qui l'a trahie, non?

— Quelle lettre?

— Eh bien, celle qu'elle a écrite à la diseuse de bonne aventure à la demande de Mrs Pritchard. La diseuse de bonne aventure est arrivée, soi-disant en réponse à cette lettre. Mais on a découvert ensuite que cette personne était inconnue à cette adresse. Cela montre que miss Copling était mêlée à l'affaire. Elle était seule à prétendre avoir envoyé cette lettre — de là à penser que c'était elle la diseuse de bonne aventure...

— J'avais complètement négligé cette lettre, admit sir Henry. Bien sûr, c'est un point de la plus haute importance.

— C'était une démarche bien audacieuse, poursuivit miss Marple. Mrs Pritchard pouvait la reconnaître en dépit de son déguisement. Encore que, en ce cas, l'infirmière pouvait prétendre avoir voulu lui faire une farce.

— Qu'aviez-vous à l'esprit quand vous avez dit que, à la place d'une certaine personne, vous n'auriez pas compté sur la seule frayeur? demanda sir Henry.

— C'est un moyen dont on ne peut pas être sûr, précisa miss Marple. Non, je pense que les menaces et les fleurs bleues — si vous me permettez d'utiliser un terme militaire — étaient du pur *camouflage*, dit-elle avec un petit rire gêné.

— Et le vrai moyen?

— Je sais bien que chez moi les guêpes sont une obsession, dit miss Marple d'un ton d'excuse. Ces pauvres choses qu'on détruit par milliers, en général par un beau jour d'été. Mais je me rappelle avoir pensé, quand je voyais le jardinier mélanger dans une bouteille du cyanure de potassium et de l'eau, combien cela ressemblait à des sels. Si on substituait cette préparation au contenu d'un flacon de vrais sels... Oui, la pauvre femme avait l'habitude d'en respirer. Vous dites d'ailleurs qu'on a retrouvé le flacon à portée de sa main. Mr Pritchard est allé au téléphone appeler le médecin, l'infirmière a remis le vrai flacon à la place et elle a ouvert légèrement le gaz, afin de masquer l'odeur d'amandes amères propre au cyanure, et pour le cas où quelqu'un se sentirait mal. Et j'ai toujours entendu dire que, à condition d'attendre assez longtemps, le cyanure ne laissait aucune trace. Bien sûr, je peux me tromper, le flacon contenait peut-être tout autre chose. Mais cela n'a pas beaucoup d'importance, n'est-ce pas?

Miss Marple s'arrêta, un peu essoufflée.

— Mais le géranium bleu, et les autres fleurs? demanda Jane Helier.

— Les infirmières ont toujours avec elles du papier de tournesol, non? dit miss Marple, pour, ma foi... certains tests. Ce n'est pas un sujet très agréable. Inutile de s'appesantir. J'ai moi-même donné des soins. (Elle rosit délicatement.) Le bleu vire au rouge, sous l'action des acides et le rouge au bleu, sous l'action des alcaloïdes. Quoi de plus facile que d'enduire une fleur rouge de pâte de tournesol, près du lit, bien sûr. Quand la pauvre femme respirait ses sels, les vapeurs d'ammoniaque la faisait virer au bleu. Remarquablement ingénieux ! Evidemment, le géranium n'était pas bleu quand ils firent irruption dans la chambre la première fois. On ne le remarqua qu'après. En opérant la substitution des flacons, l'infirmière a dû tenir une minute le flacon de sels ammoniaqués contre le papier peint.

— On dirait que vous y étiez, miss Marple, remarqua sir Henry.

— Ce qui me tracasse : c'est ce pauvre Mr Pritchard et cette charmante miss Instow. Ils ont dû se soupçonner l'un l'autre et se tenir à distance, alors que la vie est si courte !

Elle secoua la tête.

— Rassurez-vous, déclara sir Henry. En fait, j'ai un atout dans ma manche. On a arrêté une infirmière qui est soupçonnée d'avoir assassiné un vieux malade, qui l'avait faite son héritière. Elle aurait substitué du cyanure de potassium à des sels. Miss Copling a employé encore une fois le même truc. Mr Pritchard et miss Instow ne pourront plus avoir de doutes.

— N'est-ce pas merveilleux ? s'écria miss Marple. Je ne parle pas du nouveau meurtre, bien sûr. C'est très triste, cela montre bien toute la méchanceté qui court de par le monde, et que si l'on y cède une fois... mais cela me rappelle que je *dois* terminer ma conversation avec le Dr Llyod à propos de l'infirmière du village.

Composition réalisée par COMPOFAC - PARIS

IMPRIMÉ EN FRANCE PAR BRODARD ET TAUPIN
La Flèche (Sarthe).
Imp. : 1824 – Edit. : 1813 - 05/2000
ISBN : 2 - 7024 - 2261 - 6

ISSN : 0768 - 1070

H 52/0474/8